MARIE-CHRISTINE HELGERSON

CLAUDINE DE LYON

Illustrations de Yves Beaujard

Castor Poche Flammarion

23e édition – 2002
© 1984 Castor Poche Flammarion
pour le texte et l'illustration

Marie-Christine Helgerson

L'auteur est née à Lyon en 1946. Elle a quitté la France pour les États-Unis à 21 ans. Elle vit en Californie avec son mari et sa fille. « À onze ans, Claudine a déjà le dos voûté des canuts, car elle doit se pencher pour lancer la navette... dix heures par jour. Cela se passait il y a cent ans. Dans les sociétés modernes, les enfants n'ont plus le même genre de responsabilités. Je voudrais, nous dit M.-C. Helgerson, que les lecteurs puissent comparer leur vie à celle d'enfants au travail. Ils découvriront, je l'espère, qu'aller à l'école est une chance extraordinaire. Voilà la première raison pour laquelle j'ai écrit ce livre. C'est pour les filles en particulier que j'ai créé le personnage de Claudine. On leur impose l'image de la consommatrice passive, docile, béate et aveugle. Je souhaite que ce livre leur permette de détruire cette image et de mener à bien ce qu'elles désirent réaliser.

Encore un mot : pendant mon séjour en France, j'ai entendu dire « cool, Raoul », « relax, Max ». C'est très joli ! Dans le patois lyonnais, on disait, « Hardi Denis », « à l'hasard, Balthazar ». Peu d'expressions du parler des canuts sont encore en usage aujourd'hui. J'en ai employé quelques unes. Certaines d'entre elles plairont peut-être à mes lecteurs... » Sélection 1000 Jeunes Lecteurs

Du même auteur, dans la collection Castor Poche :
Quitter son Pays, n°30, *Dans les cheminées de Paris*, n°119, *Lucien et le chimpanzé*, n°228, *Moi, Alfredo Perez*, n°260, *L'apprenti amoureux*, n°288, *Dans l'officine de maître Arnaud*, n°333, *Vas-y Claire !*, n°506.

Yves Beaujard

L'illustrateur, a vécu dix ans aux États-Unis où il a gravé timbres-poste, billets de banque et portraits officiels. Revenu en France depuis plusieurs années, il consacre la majeure partie de son temps à la gravure et à l'illustration.

Sélection 1000 jeunes lecteurs

Chapitre 1

> Lyon, dans le quartier
> de la Croix-Rousse,
> 1881

Bistanclaque-pan! Bistanclaque-pan! Le jour n'est pas encore levé. Et pourtant, dans la rue, on entend déjà le bruit des métiers à tisser.

Claudine se passe de l'eau sur la figure, enfile sa blouse noire et saute sur sa banquette. Le gros rouleau sur lequel s'enroule le tissu presse son estomac. A onze ans, elle a déjà le dos voûté des canuts, car elle doit se pencher pour lancer la navette. L'un après l'autre, ses pieds poussent sur les pédales. Comme chaque matin, dès le petit jour, Claudine se met à tisser.

A côté d'elle, son père travaille sur un métier mécanique qui va beaucoup plus vite. Il est en train de tisser un velours en fil d'or, avec de grandes fleurs mauves et rouges. Absorbé par son travail, il ne parle ni à sa fille ni à sa femme qui se prépare à partir.

Claudine, ce matin, est bien lasse.
Comme c'est monotone de tisser des mètres et des mètres de soie bleue unie, dix heures par jour!
Les métiers marchent tout le temps. Le soir, quand Mme Boichon rentre de l'usine, elle reprend le travail de sa fille, pendant deux ou trois heures, sous la lumière de la lampe à pétrole.
A côté de Claudine et de M. Boichon, il y a Toni, l'apprenti, un jeune homme de dix-huit ans. Il vit avec la famille et dort dans une soupente aménagée dans la cuisine. Lui aussi connaît le rythme de la maison : travail, travail et travail. M. Boi-

chon ne lui parle pas beaucoup, seulement pour lui donner des ordres ou des directives.

– Claudine, tu feras réchauffer la farine jaune pour midi, dit Mme Boichon, s'il n'y en a pas assez, rajoute de l'eau. Envoie tes frères chercher du pain et des gratons*. Et, pour ce soir, épluche des choux.

Claudine guette un signe de sa mère. Pas même un au revoir. Toujours recevoir des ordres et les exécuter. Claudine pense : « Pourquoi travailler autant? Pourquoi dans cette maison personne ne se parle vraiment? Tout le monde ne pense qu'au travail. Est-ce qu'il faudra que je vive comme Maman, avec un homme qui ne me parlera pas et que je n'aimerai plus? »

Et le silence de l'atelier, avec les petits frères qui somnolent encore sur les matelas, devient si pesant que Claudine a besoin d'entendre sa propre voix et s'écrie :

* Gratons : résidu de graisse de porc fondue.

– Qu'est-ce que jé deviendrai en grandissant ?

M. Boichon, surpris par la voix de sa fille, répond en ronchonnant :
– Tu iras à l'usine, comme ta mère.

De nouveau un silence.

Claudine ne tisse plus. Elle met la tête dans ses mains. Puis elle saute en bas de la banquette, vient se placer devant son père et dit en se redressant :
– Non, j'irai pas à l'usine. J'irai en classe. J'apprendrai un cuchon* de choses. Dans le quartier, il y a des enfants qui vont en classe. Noémi y va. Pourquoi pas moi ?

M. Boichon fixe Claudine et lui envoie une gifle.

Claudine baisse la tête, grimpe à nouveau sur sa banquette.

Soudain elle est prise d'une toux violente qui secoue son corps. Elle se lève et se retourne vers son père :
– Maman a l'air toute vieille. Elle est

---

* Cuchon : beaucoup.

triste. On la paye mal. Elle ne s'amuse jamais. Moi, je ne veux pas vivre comme ça.
- On n'a pas le temps de faire les musards*ici! Surtout en ce moment. On a des commandes pour deux mois. Moi, j'ai mon velours. Toni a son taffetas. Toi, ton uni. De quoi tu te plains?

Il secoue Claudine par les épaules :
- De quoi tu te plains, hein?

Claudine se met à tousser sans pouvoir s'arrêter.
- Ne viens pas nous faire des embiernes**! hurle son père, au travail!

Toni regarde la scène et n'ose pas intervenir.

Claudine s'est réfugiée près de ses frères qui se sont réveillés. Elle a le visage violacé, ses lèvres tremblent.

Toni se décide enfin à parler :
- Elle est malade, votre fille.
- Pas plus fatiguée que moi. Dans cette maison tout le monde bûche, c'est comme ça. Toi, Toni, si je te reprends à

---

* Musard : paresseux.
** Embierne : difficulté.

piailler quand ce n'est pas ton tour, je te fiche à la porte. Et tu peux dire adieu à la profession. Tu ne deviendras jamais compagnon. Et toi, Claudine, ne te plains pas ou je te fais travailler quinze heures par jour. Ça te calmera le sang.

Claudine essaie de maîtriser sa toux. Son dos lui fait mal et elle respire avec peine. Pourtant, elle se remet à tisser. La pièce de soie bleue doit être terminée dans trois semaines. Et il y a une pièce de soie verte à commencer tout de suite après.

Alors Claudine lance la navette. Et le bruit des métiers à tisser emplit de nouveau l'atelier. Bistanclaque-pan! Bistanclaque-pan!

Laurent, l'aîné des garçons, aide son petit frère à s'habiller. Il range la cuisine. C'est son travail. Puis il emmène Jean-Pierre faire les courses, sans se presser.

Les deux enfants passent leurs journées dans la rue. Ils s'amusent à faire flotter des petits bouts de bois sur l'eau qui coule le long des trottoirs. Ils jouent aux billes. Pour Laurent, c'est facile de gagner en trichant, Jean-Pierre est si petit qu'il ne s'aperçoit de rien. Tous deux lancent des cailloux dans des trous de murs. Et ils font des concours de toupies avec les enfants du quartier.

Dans l'atelier, il n'y a pas grand-chose à faire pour eux. Et leur père crie dès qu'ils s'agitent.

M. Boichon ne veut pas envoyer ses enfants en classe. Et surtout pas Claudine. Elle tisse vite et bien. Son salaire est utile à la famille. Laurent? Il n'a encore que sept ans, mais M. Boichon a l'intention de le mettre au travail dans deux ans chez Nizier Véron.

Nizier Véron a un grand atelier avec cinq métiers mécaniques. Et depuis que beaucoup d'enfants vont à l'école, il manque de main-d'œuvre pour vérifier les canettes. Il est l'ami de M. Boichon depuis très longtemps et n'est pas jaloux des secrets de son atelier. Laurent fera donc son apprentissage chez lui.

M. Boichon veut que son fils aîné reprenne l'atelier, plus tard. Pour cela, il doit connaître tous les aspects de la profession.

Claudine pense avec rage : « Pourquoi pas moi ? Toni et Laurent deviendront de vrais canuts. Pourquoi pas moi ? Pourquoi je n'aurais pas le droit, moi, de faire quelque chose de difficile et de mieux payé que cette soie unie ? »

Neuf heures. M. Boichon s'arrête pour prendre un bol de soupe avec Toni. Claudine n'a pas faim et ne veut pas manger.
– Viens donc avec nous, insiste Toni. Si tu ne manges pas, tu vas encore tousser et tu n'arriveras jamais à finir ta pièce. Tu n'es déjà pas bien grosse.
– Laisse-la, dit son père. Si elle veut faire sa mâchouilleuse*, ça en laisse plus pour les autres.

Claudine ne dit rien.

Et toute la journée, elle tisse sans s'arrêter, plus vite que d'habitude, pour passer sa rage sur quelque chose.

* Mâchouilleuse : difficile.

Pendant le repas du soir, Claudine mange lentement.
- On t'a payée, aujourd'hui? demande M. Boichon à sa femme.
- Oui. Mais ça va mal. On va monter encore une nouvelle usine de moulinage. En plus des deux usines de tissage pour les soies noires.
- Ils vont faire crever les canuts, avec leurs usines!
- Tu ne voudrais pas aller travailler comme casseur de pierres ou dans les mines? On dit que ça gagne plus.
- Je suis canut, sacrée bugnasse*! Et un bon canut! Tu crois que Montessuy me laissera fermer ici? Il ne va pas faire fabriquer son tissu en usine. Montessuy, il ne mettra jamais son nom sur des guenilles! Tu veux que je crève, ou quoi? Pour quatre sous de plus, tu voudrais que je travaille, comme une taupe, sous la terre. Qu'est-ce que tu as, contre les canuts? C'est les

* Bugnasse : stupide, idiote.

seuls qui savent faire ce qu'ils font.
– Et toi? Qu'est-ce que tu as contre l'usine? Tu es bien content de les prendre, mes sous!
– Les usines, elles te traitent de la soie comme de la serpillière. Je suis canut, nom d'un rat! Mon père l'était aussi. Tu ne vois donc pas, ce que je fais, c'est beau? La preuve, Montessuy me donne du travail. Alors, ne viens pas m'asticoter avec des histoires de mines et de casseurs de pierres. Tu veux donc la tempête dans cette maison? Baste! Baste! Sacrée niguedouille!

Autour de la table, tout le monde a le nez dans son bol. Personne n'a envie de pousser M. Boichon à bout. Lorsqu'il est vraiment en colère, il tape sur les enfants, Mme Boichon pleure et Toni s'en va faire un tour dans la rue.

Claudine, plus que jamais, désire partir d'ici. Mais pour aller où?

Elle se remet à tousser, d'une toux sèche qui lui fait mal aux poumons. Elle quitte la table et va s'étendre sur son matelas. Elle s'enroule dans sa couverture. Des bruits lui parviennent : le claquement sourd de métiers qui ont repris leur rythme; une chanson qu'elle a souvent entendue *Ah! ça ira, ça ira, ça ira...*, le miaulement d'un chat dans l'escalier, le rire d'un voisin, et, toute proche, les voix de ses parents.

— Claudine, dit M. Boichon, ira à l'usine, si ça ne va plus ici.

— Elle est toute maigre. Elle tousse. Tu ne l'as pas remarqué, non? Ça fait des mois que ça dure.

— Si elle est potringue*, mets-la donc en apprentissage chez les sœurs de Sainte-Elizabeth. Ça nous coûtera rien. Et en plus, on la paiera.

— Tu sais bien qu'on ne les paie presque rien. Les fabricants donnent du travail aux sœurs. Elles le font faire par les petites qui travaillent à s'en rendre malades.

— C'est rien que des femmes, là-dedans.

— Et alors, les femmes, si elles travaillent, elles n'ont pas le droit d'être payées?

— Elle font du travail de femmes. On les paye. Ça suffit.

* Potringue : maladive.

« Maman a raison, pense Claudine. Pourquoi les femmes n'auraient-elles pas le droit d'être autant payées que les hommes? A l'usine, c'est la même chose. Ils prennent des femmes pour les payer moins. Maman a commencé à travailler encore plus jeune que moi. Et dans quel état elle est, maintenant! Fatiguée, malheureuse. Elle n'a plus le temps ni la force d'aimer. »

– Il faudrait mettre Claudine à l'école, dit Mme Boichon.
– Et qui fera son travail? Toni et moi, on a de l'ouvrage à regonfle*. Le vieux métier, c'est bon pour l'uni. Et l'uni, c'est bon pour Claudine.

Claudine ne veut plus rien entendre. La tête lui tourne. Pleine de rage impuissante, elle s'efforce de ne plus penser à cet atelier où l'on décide sa vie pour elle.

Elle se tourne contre le mur et enfouit sa tête sous la couverture. Elle se mord

* A regonfle : en quantité.

un doigt presque jusqu'au sang et finit par s'endormir.

※※

Claudine rêve.
Elle se voit descendant les rues pavées de la Croix-Rousse. Il y fait sombre. Les hautes maisons cachent le soleil. Elle est vêtue d'une longue cape de velours en fil d'or parsemé de larges feuilles mauves et rouges.
Sur les pas des portes, des femmes en blouses noires et grises murmurent :
– Qu'est-ce qu'elle vient fouiner par là, celle-là !
– On ne l'a jamais vue.
– Mais c'est la fille Boichon !
– Vous croyez que c'est la Claudine, cette petit maigriotte qui carcassait* tout le temps ?
– Elle a changé.
– Vous avez vu ! Elle porte sur le dos le velours de Montessuy !
La jeune fille monte un escalier en colimaçon. A tâtons, elle cherche une

* Carcasser : tousser.

issue dans les murs sombres. L'escalier est sans fin.

« Je suis venue chercher mon père et ma mère. Je leur ai trouvé deux grands fauteuils en soie à rayures roses et bleues. Ils ont tissé toute leur vie. Ils ont besoin de se reposer. Moi aussi. Je veux me reposer avec eux. »

Dans la rue, des éclats de voix lui répondent :
– Une canuse qui veut se reposer?
– Jamais vu ça!
– C'est une panosse.*

La jeune fille, affolée, redescend l'escalier et se précipite dans la rue étroite. Elle court le long de la Saône.

Une voiture à cheval l'attend. Elle monte, claque la portière. Le cheval prend le trot à vive allure. La jeune fille se penche et regarde la Croix-Rousse avec ses maisons hautes, toutes serrées les unes contre les autres.
– Pourquoi y a-t-il des barreaux aux fenêtres?
– Pour protéger les ateliers contre les voleurs.

* Panosse : personne sans énergie.

— Pourquoi tout est si triste?
— Ils travaillent dix à quinze heures par jour mais ils fabriquent des merveilles. Des soieries de lune et de soleil enroulées dans de grandes fleurs mauves et rouges.
— Alors, pourquoi? Pourquoi?

※
※※

Claudine hurle dans son sommeil :
— Pourquoi? Pourquoi?
Sa mère se lève et allume la lampe à pétrole. Elle pose la main sur le front moite de Claudine. Puis elle prépare une infusion de tilleul et y ajoute quelques gouttes de menthe :
— Tu es malade. Bois. Ça te fera du bien.
Claudine avale une gorgée, serre la main de sa mère et enfouit de nouveau la tête sous la couverture.
— Elle est malade, Claudine? demande Laurent qui s'est réveillé.
— Fais-les donc taire, dit M. Boichon. On ne se lèvera jamais à l'heure.
Et Mme Boichon pense : « Moi, je

voudrais dormir demain, demain, et demain. »

※
※※

Sombre et silencieuse, Claudine est étendue sur son matelas depuis deux jours.

Aujourd'hui, c'est dimanche.

Mme Boichon fait le ménage dans la cuisine.

Toni est déjà parti. Il passe sa journée de liberté dans les cafés de l'île Barbe avec d'autres jeunes apprentis.

M. Boichon enlève la bourre de soie qui s'accumule dans les métiers. Son nettoyage terminé, il va retrouver Nizier Véron au café de la place Croix-Paquet.

Quant à Laurent, il attrape discrètement un verre dans la cuisine et annonce :

– J'emmène Jean-Pierre. On va faire un tour place Bellecour.

– Vous ne reviendrez pas trop tard, dit Mme Boichon.

Puis elle s'approche de Claudine :

– Si tu te levais ? On pourrait aller au parc ensemble.

Claudine ne répond pas.
- Tu fais ta tête de cochon, ou tu es malade ?
- ...
- Bon. Je m'en vais.

Et Claudine se retrouve seule dans l'atelier.

Elle se demande si elle devrait essayer de se lever, de tisser. Mais à quoi bon ? Pour quelques centimètres de plus sur le rouleau de soie bleue ? Son père ne les verrait même pas !

Elle s'assoit. Sa toux la reprend, accompagnée de la grande douleur dans le dos.

« Est-ce que je vais mourir ? Est-ce que je vais toujours mesurer ma vie en centimètres de soie ? Vivre avec un mari qui ira boire au café ? Marcher à petits pas avec des enfants qui ramasseront des feuilles mortes le dimanche après-midi ? »

Claudine a peur.

« Non, je ne veux pas mourir. Je veux aller à l'école, je veux avoir un métier. »

Pour se retenir de tousser, elle enfonce

un mouchoir dans sa bouche. Lorsqu'elle le retire, elle s'aperçoit qu'il est taché de sang.

« Je suis malade. Je n'arriverai à rien. Jamais. »

※
※※

– On t'a apporté du coco. T'en veux?

C'est Laurent qui revient avec Jean-Pierre. Ils sont allés jusqu'à la place Bellecour chercher pour Claudine sa boisson préférée. Laurent a passé plus d'une heure à rapporter le verre en gardant sa main dessus pour ne pas le renverser.

– Tu es gentil, dit Claudine. Mais j'ai pas soif, même pour du coco.

Laurent partage avec son petit frère la boisson parfumée au réglisse.

– Tu dois être bien malade pour ne pas vouloir de coco. Tu veux jouer?

– Non, je n'ai envie de rien.

Et les deux garçons redescendent dans la rue.

Oui, Claudine est malade. Elle reste étendue immobile sur son matelas, parfois secouée d'une toux sèche. Sa mère a fait promettre à M. Boichon de ne pas la faire travailler. Il connaît sa fille, même s'il ne lui fait jamais de compliments. Claudine est courageuse. Trois jours sans se lever, sans tisser, quelque chose ne va plus.

※※

Le médecin est venu. M. Boichon a fini par l'appeler, malgré la dépense.
– Il lui faut du grand air, dit le médecin. Elle a assez respiré de bourre de soie. Si c'était ma fille, je ne la ferais pas travailler pendant plusieurs mois.
– C'est moi qui commande, ici, répond M. Boichon. La pièce de soie bleue doit être rendue dans moins de trois semaines. Montessuy n'attend pas des mois, lui.
– Je la finirai, dit Mme Boichon. Je demanderai un congé à l'usine.
– Pour qu'on te mette à la porte et que tu te retrouves sans travail?
– Tâchez de la faire manger un peu, au moins, reprend le médecin. Et soignez-la, si vous voulez la garder en vie. Est-ce que vous connaissez quelqu'un à la cam-

pagne? Ça lui ferait du bien de partir. Et ne vous inquiétez pas. Vous me paierez quand vous pourrez.
– Et ma pièce?
– Votre pièce de soie peut attendre. Le fabricant aussi. Pas votre fille.

Le médecin parti, M. et Mme Boichon s'assoient l'un en face de l'autre, dans la cuisine. Pour la première fois, M. Boichon paraît vraiment inquiet :
– Tu as entendu ce qu'il a dit? Il faut la soigner pour la garder en vie.
– Pour quelle vie? dit Mme Boichon. Travailler? Travailler pour un franc dix par jour comme moi?
De son matelas, Claudine proteste d'une petite voix lasse mais ferme :
– Pour ma vie.

– Si on l'envoyait chez Yvette? propose Mme Boichon. Là-bas, elle se reposera.
– Pour combien de temps? Tu sais comment ça se passe. On arrête un métier. On en arrête un autre et on finit par disparaître.
Il hésite et finit par dire :

– Qu'elle se revigore*, cette niguedouille. Plus vite elle en aura fini avec cette maladie, plus vite on la remettra au travail.

* Se revigorer : se guérir

Chapitre 2

Tante Yvette et Oncle Pierre ont une ferme à Toulaud dans l'Ardèche. Ils élèvent des vers à soie. De temps en temps, Oncle Pierre vient à Lyon livrer ses écheveaux de soie à une teinturerie du quai Saint-Vincent.

Pour éviter les frais d'un voyage, Claudine profitera d'un passage de son oncle.

Ce départ l'inquiète et la ravit à la fois. Son père la boude, depuis la décision. Il ne veut pas remarquer ses efforts. En dépit de ses douleurs dans le dos, Claudine s'est remise à tisser, et même le soir, tard.

Tante Yvette, Claudine ne la connaît presque pas. Elle ne l'a rencontrée que deux fois, il y a plusieurs années : une dame plus jeune que sa mère, qui avait beaucoup ri en voyant Claudine se régaler de petits fromages de l'Ardèche. Quant à l'Oncle Pierre, Claudine sait que son père ne l'aime pas : chaque fois qu'il vient, son père part au café. Oncle Pierre donne rapidement des nouvelles de Tante Yvette, ne parle pas beaucoup, et il évite, lui aussi, de rencontrer son beau-frère, même dans la montée d'escalier.

Claudine se demande comment elle va être accueillie. Mais la perspective d'un voyage, celle de quitter l'atelier, de ne plus entendre le bruit des métiers à tisser et les remarques de son père, tout cela la remplit de joie.

Toni a l'air content pour elle.
– Tu en as, de la chance ! Tu vas aller te reposer. Ça va te revigorer.

– Papa fait grise mine. Il ne parle plus. Ça va vous faire du travail en plus, à vous et à lui.
– On se débrouillera. Ne t'inquiète pas. Et puis le travail, il n'y a pas que ça.
– Si Papa vous entendait, il vous ferait pataler* en vitesse.
– Il faut le comprendre, ton père. Ça devient difficile ici. Tu sais bien. Les ateliers ferment. Les usines nous mangent notre travail.
– Je sais. Mais, moi, j'existe. Et Papa, il ne veut pas le voir, ça.
– Bien sûr que tu existes!
– Et je n'existe pas seulement pour le métier à tisser moi! Je veux exister pour moi.
– Tu es bien compliquée. Revigore-toi, c'est ce que tu as de mieux à faire. Et lorsque tu reviendras, tu ne chômeras pas.

Dans un carré de tissu, Claudine a plié quelques vêtements. Elle a fait des

* Pataler : partir.

bugnes* pour Tante Yvette. Des bugnes dorées, légères, croustillantes qu'elle a saupoudrées de sucre.

Oncle Pierre est monté chercher Claudine. Comme d'habitude, M. Boichon en a profité pour faire une course. Mme Boichon est à l'usine.
Claudine embrasse ses frères. Ils sont ravis : Claudine a laissé à chacun un petit tas de bugnes.

* Bugne : beignet en pâte frite dans l'huile.

Elle prend son paquet, dit au revoir à Toni et suit Oncle Pierre. Il lui sourit et les poils de sa grosse moustache remontent sous son nez.
– Alors, tu deviens notre fille pour un temps?
– Je ne sais pas! dit Claudine qui pense en elle-même : « On ne peut pas changer de famille. Je suis Claudine Boichon. »

Le cheval trotte le long du Rhône, la colline de la Croix-Rousse devient toute petite. Le monde grandit pour Claudine.

C'est une belle journée de printemps. L'air vif entre trop brutalement dans ses poumons. Elle se couvre le nez d'un châle.

Son oncle ne parle pas. Chaque fois qu'il se tourne vers elle, il lui sourit gentiment. Elle le trouve sympathique avec ces yeux bleu clair, cette grosse moustache et cette masse de cheveux grisonnants et bouclés qui s'écrasent et se redressent dans le vent.

A midi, ils s'arrêtent pour grignoter un casse-croûte de pain et de fromage.

Claudine n'ose pas parler. Et Oncle Pierre ne sait pas quoi dire à cette nièce toute maigrichonne, avec ses deux tresses dures qui encadrent sa figure pâle.
- Ça ne te fatigue pas, le voyage?
- Oh! non, c'est joli, ici, dit Claudine. Toutes les couleurs des feuilles.
- Tu verras des châtaigniers à Toulaud. Ta tante fait de la bonne confiture de châtaignes.
- Je n'en ai jamais mangé. Et cette plante, c'est quoi?
- Ça, c'est de la marjolaine; et là, c'est du fenouil.

– Vous en savez des choses! s'exclame Claudine, soudain heureuse.

Mais elle s'assombrit aussitôt :
– Moi, je sais rien.
– Tu peux toujours apprendre.

« Bien sûr que je pourrais apprendre, que je voudrais apprendre, se dit Claudine. Mais ce que je sais faire, c'est seulement tisser de la soie unie bleue, verte ou beige. Dix heures par jour. C'est facile de me traiter de niguedouille, de borgnasse*, de rien du tout. »

Un accès de toux lui déchire les côtes.
– Ça ne va pas? demande Oncle Pierre.

Claudine n'a pas envie de répondre. Sa joie d'avoir appris deux noms de plante a disparu.
– Allez, viens, on se remet en route.

Durant le reste du voyage, Claudine est sombre. De temps en temps, Oncle Pierre lui jette un coup d'œil inquiet. « Elle n'a pas l'air bien heureuse, cette petite. Pourvu qu'elle se plaise avec

---

* Borgnasse : bête.

nous. Bah, Yvette saura bien s'occuper d'elle! »

La voiture quitte la route principale et s'engage dans un chemin caillouteux qui monte vers le village de Toulaud. Claudine ferme les yeux. Elle n'est plus chez elle. Ici, c'est nulle part. Elle se sent ballottée. Elle guette avec angoisse la déchirure qui accompagne la toux. La voiture s'arrête. Claudine ouvre les yeux... Elle est devant une ferme.
— Nous y voilà, dit Oncle Pierre.

Sur le pas de la porte, Tante Yvette les regarde. Elle a des joues roses, un gros chignon noir, et elle sourit. Vite, elle s'avance vers la voiture et embrasse son mari.

Claudine est surprise : un mari et une femme qui s'embrassent!

Tante Yvette s'approche de Claudine :
— Alors, te voilà! Mais tu es maigre comme une fauvette en hiver! Carlo! Viens dire bonjour à Claudine.

Un petit garçon aux cheveux noirs bouclés fixe Claudine de ses immenses yeux dorés.

– Eh bien, dis-lui bonjour, insiste Tante Yvette.

Carlo? Est-ce un cousin? Elle lui marmotte un bonjour. Carlo se cache derrière Tante Yvette.
– Je vous ai apporté des bugnes, murmure Claudine timidement.
– Donne-les vite, qu'on se régale.

Claudine voudrait respirer une profonde bouffée d'air, dire quelque chose, mais sa gorge et ses poumons la brûlent. Elle est de nouveau prise d'une toux violente.
– Qu'est-ce qu'il te fait donc, l'air de Lyon, ma bichette? demande Tante Yvette.

Elle prend la main de Claudine et lui tire affectueusement une de ses tresses :
– Tu vas te reposer tout de suite. Je t'ai préparé un lit.

Se reposer longtemps, longtemps.

Claudine se sent maladroite de n'avoir rien su dire de gentil à sa tante. Elle est si fatiguée qu'elle veut tout oublier pour un moment et goûter la douceur de la petite alcôve où on l'a installée.

Elle est dans un haut lit en bois, garni

d'un gros oreiller blanc et de draps frais, bien repassés. Pour la première fois de sa vie, Claudine se repose dans un vrai lit. Elle caresse doucement du bout des doigts la toile blanche et fine. Elle écarte les bras, presse la tête sur l'oreiller et goûte dans tout son corps au bien-être.

Après le premier instant de paix, à nouveau des questions se pressent : « Qui est Carlo? Je croyais que Tante Yvette et Oncle Pierre n'avaient pas d'enfants. Oncle Pierre est-il plus riche que Papa pour avoir une maison si jolie? Et Maman? Va-t-elle travailler sur mon métier? Papa me déteste-t-il vraiment? »

Dans la cuisine, à côté de l'alcôve, Tante Yvette prépare le repas. Elle gratte le feu, met à bouillir une marmite d'eau.

Et soudain Claudine a envie de parler :
– Tante Yvette?
– Oui, Claudine.
– Est-ce que je peux te parler?
– Je t'écoute.
– Qui est Carlo?

Tante Yvette vient s'asseoir sur le lit de Claudine :
– C'est un petit garçon de Sicile.
– C'est où, la Sicile ?
– C'est une île. Loin, au sud de l'Italie. Oncle Pierre te montrera, dans un livre, où elle se trouve.
– Vous avez des livres ?
– Bien sûr ! Le père de ton oncle aimait lire. Il avait beaucoup de livres chez lui. A sa mort, nous les avons mis dans notre chambre.

« Je comprends maintenant pourquoi Papa ne veut jamais parler avec Oncle Pierre, pense Claudine. Papa ne connaît que son métier, et c'est tout. »

Et elle demande :
– Alors, qui est Carlo ?
– Nous l'avons recueilli, c'était un pauvre bonhomme. Ses parents l'avaient vendu.
– Vendu ?
Claudine n'a jamais entendu parler d'une chose pareille !
– Oui, Claudine. Vendu. Ses parents étaient trop pauvres pour le nourrir et ils l'ont vendu. C'est un monsieur de Naples qui l'a acheté et revendu en

France pour le faire travailler dans des mines de charbon. Carlo est tombé malade, encore bien plus malade que toi. Il a été mis à l'Assistance publique d'Avignon. Moi, tu sais, je n'ai pas d'enfants parce que je ne peux pas en avoir. Oncle Pierre et moi avons toujours souhaité des enfants. Alors nous avons adopté Carlo. Il travaille à la ferme, mais pas tout le temps. Nous voulons qu'il soit heureux. Il dessine aussi beaucoup. Tu verras, il te montrera ses dessins. C'est son grand bonheur.

Claudine a envie de crier : « Mon père me fait travailler tout le temps, moi. Trop! Je ne peux pas aller en classe. Et ma mère est comme moi, prisonnière de cette maison. Mon père et ma mère vivent sans se parler, sauf pour se disputer. Que je sois heureuse ou malheureuse, ça leur est bien égal! J'aimerais autant qu'ils me vendent, moi aussi. »

Et Claudine se met à tousser, en serrant ses mains contre sa poitrine. Elle enfonce un mouchoir dans sa bouche. De nouveau une tache de sang.

Tante Yvette lui pose la main sur le front :

– Je retourne à mon travail. Repose-toi. Si tu as besoin de moi, appelle-moi.

Claudine ferme les yeux. Elle essaie de retrouver la première impression de douceur qui l'a enveloppée lorsqu'elle s'est glissée entre les draps.

« Je suis une couâme*. Je ne guérirai jamais. Tante Yvette et Oncle Pierre ont du travail. Ils ont leur ferme. Moi, je ne pourrai même pas les aider. Je ne veux pas retourner à Lyon. Mais où aller? Je n'arriverai jamais à vivre. »

Claudine pleure doucement. Son pouls bat très vite. La sueur lui couvre le front. Elle attrape l'oreiller et bloque sa bouche et son nez avec.

« Si je n'existais pas, ce serait plus facile pour les autres. »

Tante Yvette jette un coup d'œil dans l'alcôve. Elle s'approche, remet l'oreiller sous la tête de Claudine.
– Je suis pas musarde, dit Claudine. Je t'aiderai. Tu me montreras. Non, je suis pas paresseuse. Je pourrais travailler tout le temps. Ce n'est pas ma faute si je

* Couâme : idiote.

suis malade. Je suis potringue, c'est ce que Papa dit. J'ai des parents. A moi. Pas comme Carlo.
– Chut!... Chut! Je sais bien que tu n'es pas paresseuse. Tu es malade. Et ici, tu vas guérir.

Alors Claudine éclate en sanglots :
– Tu me connais à peine et tu es gentille avec moi. Pourquoi?
– Parce que tu vas être ma fille pendant que je t'ai ici. Je vais te donner un peu de tilleul au miel. Et tu vas dormir. Demain, tu feras connaissance avec Carlo. Il faut te guérir, Claudine. C'est ta maladie qui te rend comme ça. Ne t'inquiète pas, je vais te soigner.

Tante Yvette tient la main de Claudine un moment. Claudine se calme et finit par s'endormir.

Claudine rêve.
Dans une petite salle sombre, une jeune fille est couchée à même le sol. Sur une étagère très haute, il y a un énorme livre. La jeune fille se lève. Elle étire son bras. Mais plus elle étend le bras, plus le livre s'éloigne.

Deux petits garçons font des grimaces dans un coin. Elle les entend murmurer : « Jamais... n'y arrivera jamais... n'y arrivera jamais... tu n'y arriveras jamais... » Et ils éclatent de rire en se poussant du coude.

La jeune fille se tient droite, immobile. Le livre s'approche doucement, descend, se pose à ses pieds et s'ouvre sur une page avec des fleurs.
La jeune fille met un doigt sur le dessin et murmure : « Ça, c'est une fleur de marjolaine.
– Ça, c'est une fleur de paresseuse, dit l'un des petits garçons.
– Une fleur de maladie, répond l'autre.
– Une fleur de rien du tout, dit le premier. »
Alors la jeune fille cache le livre sous l'oreiller et dit tristement : « Jamais... arrivera jamais.

– Une fleur de musarde.
– Une fleur de potringue.
– Une fleur de niguedouille.
– Une fleur de couâme.
– Une fleur de bugnasse. »

La jeune fille se couvre les oreilles de ses mains. Le livre a disparu.

※

Claudine s'éveille.
Dans la maison, aucun bruit. Claudine se lève, va dans la cuisine à tâtons. Il reste encore quelques braises dans la cheminée. Elle prend une brindille dans le panier à bois et la jette dans l'âtre. Une petite flamme frétille. Or. Rouge. Orange.
« Il faut que je guérisse »; murmure Claudine.
La brindille se consume. « Faut-il vraiment que je guérisse ? »
Claudine se recouche et se rendort : « Il faut que... Faut-il... ? Il faut que... »

※

Le lendemain, Claudine essaie de se lever. Dans la cuisine, Tante Yvette et Oncle Pierre prennent leur soupe. Mais Claudine reste au lit : une douleur sourde dans la poitrine l'empêche de respirer. Carlo se glisse dans l'alcôve.

Intimidé, il reste à distance. Claudine le regarde. Comme il a de jolis yeux! Dorés, brillants comme des yeux de soie. Et des cheveux bruns avec de toutes petites boucles, et une peau bronzée d'un ton plus sombre que ses yeux.

Carlo va se cacher derrière la porte. Il passe la tête pour jeter un coup d'œil et de nouveau se cache.
– Je m'appelle Claudine. Je suis malade. N'aie pas peur.
– Je n'ai pas peur, dit Carlo en sautant dans l'alcôve. Regarde j'ai des fleurs pour toi.

C'est au tour de Claudine d'être intimidée. Chez elle, il n'y a jamais de fleurs, sauf les grandes fleurs merveilleuses que tisse son père.

Carlo rapporte de la cuisine un verre dans lequel l'éclat des bleuets ressort sur la masse rouge des coquelicots.
– Pourquoi tu me donnes ces fleurs? demande Claudine.
– Parce que c'est joli.
– C'est vrai que tu travaillais dans une mine?

Carlo ne répond pas. Il revoit ce grand trou noir dans lequel il descendait chaque matin. Il entend les cris du contremaître lorsque le travail n'avançait pas assez vite. Il se souvient du jour où il est tombé, de la longue nuit passée seul parce qu'on ne s'était pas aperçu qu'il n'était pas remonté du puits.

Claudine répète sa question :
— Dis, tu te souviens de la mine ?
— Je ne veux pas parler de ça, dit Carlo. C'est Oncle Pierre qui m'a appris à connaître les fleurs. Elles sont belles. Je fais des dessins. Tante Yvette m'a acheté un gros paquet de papier.
— Tu ne les appelles pas Papa et Maman ?
— Ce ne sont pas mes parents. Et pas les tiens non plus.
— Je sais. Tu aimes mieux être ici ou à l'Assistance publique ?
— Tu veux voir mes dessins ? Regarde !

Carlo dépose sur le lit des feuilles de papier couvertes de petits animaux habillés : un lapin qui achète des carottes, une grenouille qui s'abrite sous un parapluie, des souris qui cousent des pantalons, une renarde qui lit un livre, un hérisson qui fume la pipe, un ver à soie qui tricote un chapeau.

Claudine éclate de rire :
– Mais où as-tu vu tout ça ?
– Tante Yvette ne me fait pas beaucoup travailler. Elle sait que j'aime dessiner. Elle me laisse tranquille.
– Et qu'est-ce qu'elle te fait faire ?
– Je garde les chèvres. Je l'aide à dévider les cocons. Je donne à manger aux poules. Mais pourquoi tu me poses toutes ces questions ?

Brusquement Claudine a envie de partir :
« Carlo peut garder ses fleurs et ses dessins. Non, je ne suis pas la fille de Tante Yvette. Les livres d'Oncle Pierre sont à lui, pas à moi. Je ne veux appartenir à personne. Qu'on me laisse tranquille ! »
Carlo la regarde, surpris de son silence.
Le front de Claudine est moite, ses lèvres blanches. Elle se remet à tousser.
Carlo quitte l'alcôve. Cette fille lui fait peur.

Les dessins de Carlo sont restés étalés sur le lit. Claudine les regroupe et les examine un à un. Elle se lève, va dans la chambre de sa tante, grimpe sur une chaise et attrape un livre.

Des pages et des pages de texte. Là, l'image d'une jeune fille assise sous un arbre : elle porte une immense robe à volants. « Il faudrait au moins une pièce de mousseline pour faire une robe pareille. Et ce ruban, on dirait du satin broché. » Elle tourne les pages, cherche d'autres images. Mais il n'y en avait qu'une. Elle est déçue.

Elle retourne dans l'alcôve, s'habille, sort dans la cour, appelle Carlo.
- Tu as un crayon?
- Evidemment.
- Tu veux me le prêter?
- Si tu ne le casses pas et si tu me le rends...
- Tu as du papier?
- Tu ne le gaspilleras pas? Le papier, c'est cher.
- Bon. Alors tu prêtes ou tu ne prêtes pas?
- Je prête.

Claudine essaie de dessiner la jeune fille du livre : un corps raide avec des

bras en bout de bois, une tête minuscule sur un corps trop grand, deux pieds trop pointus, un chapeau qui dégringole, un voile qui pend au bord du chapeau et des fleurs en toile d'araignée.

– Tu sais pas faire! dit Carlo.
– Toi, on ne t'a pas demandé de bagouler*.
– Elle va dégringoler, ta dame, avec des pieds pareils, poursuit Carlo. Et les bras des gens, c'est pas des pattes de chèvres.

Claudine n'écoute pas. « Si cette robe était faite avec les satins de Papa, elle serait magnifique. »
Et, oubliant Carlo, elle étend les bras, tourne sur elle-même, tourne dans la cuisine, tourne dans l'alcôve, et s'étale sur le lit en riant. Elle presse ses mains contre sa poitrine, cherche à reprendre son souffle. Elle s'écrie en riant :
– Se revigorer! Se revigorer pour toujours!

*Bagouler : parler.

« Elle est malade et elle est folle! » se dit Carlo.

Tout à coup, Claudine sent en elle une énergie extraordinaire. L'envie lui vient de mieux connaître son oncle et sa tante. Que font-ils exactement? Comment vivent-ils? Et pourquoi sont-ils si différents de ses parents?

Elle court rejoindre Tante Yvette.

– Bonjour Claudine. Tu t'es reposée?
– Montre-moi ce que tu fais. Ça m'intéresse.

Tante Yvette plonge des cocons de vers à soie dans une bassine d'eau bouillante posée sur un petit poêle à charbon.

– L'eau bouillante fait fondre la colle qui tient le cocon fermé.

Tante Yvette sort les cocons de l'eau, saisit un fil de soie et le tire lentement du cocon. Elle tire un autre fil et le presse avec le premier. Puis elle les enroule sur un cylindre, lentement, pour que la soie ait le temps de sécher. Alors elle plonge d'autres cocons dans l'eau bouillante.

— Tu dois te décamoter* les doigts, dit Claudine.
— Un peu. Mais c'est mon travail. Oncle Pierre, lui, nourrit les vers à soie avec les feuilles du mûrier. Lorsque les chenilles ont formé leurs cocons, il tue les chrysalides avant qu'elles sortent, en les étouffant avec l'air chaud du four à pain. Ensuite, moi je file la soie. Mais ce sera bientôt fini, tout ça.
— Pourquoi?
— Tu le sais bien. La filature en usine donne une soie plus régulière, plus solide que celle d'ici.
— Alors, tu n'auras plus de travail?
— Il reste la ferme. Elle nous permettra de vivre avec Carlo. Nous aurons bien toujours de quoi manger.
— Vous avez de la chance, dit Claudine. A Lyon, on n'aura plus qu'a crevogner** si Papa ferme l'atelier. Partout, ils ouvrent des usines de tissage. Papa a tout le temps peur qu'on ne lui donne plus de travail. Pourtant, ce qu'il fait, aucune machine ne peut le faire. Avant mon

* Décamoter : abîmer.
** Crevogner : mourir.

départ, il tissait du velours or avec des fleurs rouges et mauves. Lourd et souple à la fois. Je n'ai jamais rien vu d'aussi beau.
– Et toi, Claudine ? Qu'est-ce que tu fais à Lyon ?

Ce qu'elle fait ? Claudine n'a pas envie de le dire. Tisser des mètres de soie unie pendant des heures. Et des heures qui ne rapportent presque rien à sa famille. Elle entend en elle une voix qui murmure : « Tu peux faire autre chose. Pourquoi ne choisirais-tu pas ce que tu veux ? Tu n'es pas obligée de dire oui à tout. »

– Je ne veux pas vivre comme Maman, dit Claudine après un long silence.
– Tu aimerais mieux vivre à la campagne ?
– Je ne veux pas vivre comme toi non plus.
– Tu n'auras peut-être pas le choix.

De nouveau, Claudine sent vibrer en elle cette joie et cette force qu'elle a éprouvées tout à l'heure.
– Si, dit-elle. J'en ai assez de recevoir des ordres. Je veux choisir pour moi. Je sais bien ce que je ferai : j'irai à l'école, j'ap-

prendrai des tas de choses, et je ferai des dessins encore plus beaux que ceux de Carlo.
– Il te les a montrés?
– Oui, tous. Moi, je ne connais pas les animaux. Mais la soie, je la connais. Je dessinerai des robes, des manteaux.
– Et que va-t-il penser de tes belles idées, ton père?
Claudine répond avec assurance :
– Mon père, il peut penser ce qu'il veut.

Tante Yvette se souvient des premiers mois où Carlo était à la ferme et du temps passé à l'apprivoiser. Avec patience et affection, elle est arrivée à accepter ses silences, à le rassurer. Pendant de longues heures, elle l'a gardé à ses côtés. Il la regardait travailler. Il la suivait partout.

Claudine dessine auprès d'elle. Tante Yvette tire la soie des cocons. Elle tord les fils et forme lentement un écheveau.
– Ça te fait pas mal aux poumons, toute cette vapeur? demande Claudine.

– Je vais bientôt m'arrêter. Ça fait trois heures que je suis ici. Je vais préparer le repas. Toi aussi, tu ferais mieux de ne pas rester dans cette fumée. Va respirer dehors. Il fait beau.
– Je finis mon dessin. Et ne va pas croire que je dessine pour faire comme Carlo. Il y a longtemps que je voulais dessiner. Ce sera mon métier. Maintenant, je le sais. Et c'est pour de bon. Pour la vie.

Tante Yvette sourit :
– Pour la vie, Claudine?
– Pour la vie. Si je n'avais pas découvert ça, je serais peut-être bien morte.

Claudine a dessiné deux pieds. Elle les imagine dans des bottines blanches à boutons mauves. Puis elle couvre la feuille de chaussures à talons, de pantoufles en plumes, de sandalettes à lanières.

Grâce à son crayon, elle peut avoir sous les yeux ce dont elle rêve. Lorsque Tante Yvette l'appelle pour le déjeuner, elle ne l'entend même pas.

Elle se lève enfin, le front ruisselant. Une grande douleur lui déchire les poumons. Elle essaie de ne pas s'affoler : « Ça va passer. C'est toujours la même chose. Je connais les signes de ma maladie : j'ai mal d'abord dans le dos; je tousse, j'ai de la sueur sur le front; je crache du sang. Je dois rester calme. Ça y est. Je ne tousse plus. Je n'ai plus mal au dos. Je me sens mieux. »

La crise passée, Claudine se tient droite, étire les bras le long du corps, respire aussi lentement que possible pour sentir l'air pénétrer dans sa gorge. « Il faut que je me guérisse. Et personne ne peut le faire pour moi. J'y arriverai bien toute seule, à arrêter cette maladie. »

Oncle Pierre aime lire. Souvent, le soir, après le repas, il lit à la lueur de la bougie. Claudine le regarde lire, enroulée dans un châle douillet que lui a prêté Tante Yvette.

Depuis une semaine, elle est davantage en confiance. Elle a aidé Tante Yvette à faire des fromages de chèvre. Elle a beaucoup dessiné en compagnie de Carlo. Oncle Pierre lui a appris plusieurs noms de plantes.

Ce soir, elle demande à Oncle Pierre de lui montrer comment lire. Il en est tout heureux. Il trace des lettres sur une feuille de papier. Claudine les recopie. C. L. A. U. D. I. N. E.
– Tu viens d'écrire ton nom, dit Oncle Pierre. Maintenant je t'écris autre chose. C. A. R. L. O. Dis-moi si tu reconnais des lettres qui sont les mêmes dans les deux mots. C et L et A. C'est ça. Eh bien, chacune de ces lettres correspond à un son. L, ça fait llll. Pense à des mots qui commencent par llll.
– Lyon. Loin. Lourd. Là-bas. Laine.
– Je te les écris. Tu reconnais le L?

Pour sa première leçon, Claudine a très vite appris cinq consonnes et les sons correspondants.
– Mais comment tu sais tout ça, Oncle Pierre?
– J'ai appris lorsque j'étais enfant. Mes parents savaient lire, déjà. Mon père était l'ami du curé de Saint-Péray. Ma mère était allée à l'école paroissiale. J'ai eu de la chance. Ce sont eux qui m'ont appris à lire. J'ai appris à Tante Yvette. Et lorsque Carlo est arrivé j'ai voulu qu'il ait la même chance. J'ai un ami médecin,

le docteur Grandville. Nous irons le voir. Il t'examinera, et te montrera aussi ses livres. Il en a beaucoup. Je m'entends bien avec lui. Lorsque j'ai appris à lire à Carlo, le docteur Grandville m'a aidé; il m'a donné des idées.

– Chez nous on ne lit jamais, dit Claudine. Maman ne sait pas. Papa peut juste écrire son nom. Toni, je suis sûre qu'il ne sait pas lire. Et Papa ne veut pas que j'aille à l'école.

– Pendant que tu es ici, profites-en pour apprendre tout ce que tu pourras.

– Mais après...

– Ne pense pas à après. Tâche de vivre maintenant.

Claudine demande brusquement :

– Papa, vous l'aimez autant qu'un agacin*, hein?

– Je ne déteste personne. Simplement, il y a des gens que je n'aime pas rencontrer. C'est tout.

Cette réponse tourmente Claudine. Pourquoi son oncle ne veut-il pas voir son père? Peut-être le méprise-t-il? Pour-

---

* Agacin : cor au pied.

tant, Oncle Pierre ne sait pas tisser, lui. Il abîmerait une pièce de tissu au premier coup de navette. Et sa mère? Oncle Pierre la méprise-t-il aussi? C'est vrai qu'elle a l'air fatigué, grognon, mécontent. Elle ne se donne pas la peine de se coiffer. Tante Yvette sait lire, elle. Elle s'occupe de Carlo. Elle aime son travail. Sa maison est propre. Et souvent elle prend la main d'Oncle Pierre et l'embrasse. A Lyon, ses parents vivent l'un à côté de l'autre comme s'ils ne se connaissaient pas...

Oncle Pierre a repris sa lecture. Au fond, apprendre à lire et à écrire, décide Claudine, c'est plus important que de comprendre pourquoi Oncle Pierre et son père ne s'entendent pas.

Elle trace et retrace des lettres, s'amuse à leur donner des formes différentes. Puis elle dessine tout autour des chapeaux avec de gros rubans, pour ne pas gaspiller le papier.
– Tiens, regarde, dit Oncle Pierre. Ça, c'est une martre, ça, c'est une hermine, ça, c'est un chinchilla. Avec leur fourrure, on fait des manteaux.

– C'est quoi, ton livre? demande Claudine.
– Un dictionnaire. Dedans, il y a tous les mots.
– Tous les mots! Tu connais tous les mots?
– Pas tous, dit Oncle Pierre en riant. J'en apprends toujours de nouveaux.
– Redis-moi ceux que tu viens de me dire.
– Martre. Hermine. Chinchilla.

Claudine ombre un dessin et murmure : « Un chapeau de chinchilla avec un ruban de velours sabré gris et rose. » Et dessous elle écrit son prénom, en s'appliquant à recopier les lettres comme son oncle vient de les lui apprendre.

Elle contemple son œuvre, l'examine de loin, puis de près.

« Je n'ai pas toussé une seule fois de la soirée, se dit-elle. Je me revigore chaque jour. »
– Bon, je vais au pucier, dit Claudine.
Oncle Pierre éclate de rire :
– Comment dis-tu?
– Au pucier. Au lit, quoi!

Claudine est un peu vexée que son oncle ait ri de son patois lyonnais.
– Ne fais pas de cauchemar!
– J'aime bien quand je rêve. C'est bizarre, les rêves.

« Rêver oui. Mais rêver comme on veut pendant la journée avec dessins, c'est encore mieux », pense Claudine.

Aujourd'hui dimanche, Claudine et son oncle vont voir le docteur Grandville. Il les reçoit dans son bureau. Contre le mur, il y a une grande bibliothèque. Les reliures de cuir frappées de lettres d'or fascinent Claudine.
– Voici ma nièce, dit Oncle Pierre. Elle tousse beaucoup. J'aimerais que vous l'examiniez.
– Je tousse moins, dit Claudine.
– Voyons voir, dit le médecin. Viens avec moi.

Il emmène Claudine dans la petite salle où il reçoit habituellement ses malades. Il l'ausculte. Elle répond aux questions qu'il lui pose. Elle lui parle de sa douleur dans la poitrine, des traces de sang sur son mouchoir.

– Ce que tu as, je vais te le dire franchement. Ton oncle m'a dit que tu étais une fille courageuse. Et pour ta maladie, il n'y a que toi qui puisses te guérir. Moi, je n'y peux pas grand-chose. Tu as la tuberculose.

– Les gens en meurent! s'écrie Claudine.

– Pas tous, pas toujours!

– Eh bien, moi, je n'en crèverai pas.

– Voilà ce que j'aime entendre. Dors. Repose-toi. Mange.

– Je pichenote*. Je n'ai jamais faim.

– Je le vois bien, Claudine. Tu es toute maigre. Essaie quand même. Mange lentement. Respire aussi profondément que tu peux.

– J'ai découvert ça toute seule. J'ai remarqué que si je respire lentement, très, très lentement, j'ai moins mal dans la poitrine après. Mais pour se guérir, il faut vraiment avoir envie de guérir, n'est-ce pas?

Le docteur Grandville enlève ses

---

* Pichenoter : manger sans appétit.

lunettes et, surpris, regarde Claudine.

Alors, Claudine lui dit combien elle est heureuse à Toulaud avec son oncle et sa tante, et Carlo. Elle lui confie son grand désir d'apprendre à lire.
– Mais je ne sais presque rien. Chez moi, je tissais toute la journée. Plusieurs fois j'ai eu envie de mourir.

Le docteur Grandville se tait, ému.
– J'ai une petite vie toute pétafinée*. Je veux choisir un métier que j'aimerai. Mais d'abord, je veux guérir. Tant que je serai malade, je n'arriverai à rien.
– Oui, Claudine. Si tu veux vraiment guérir, tu y arriveras. Je te fais confiance. Allons retrouver ton oncle. Et tout en discutant, nous pourrons regarder mes livres.

Claudine veut voir un atlas pour qu'on lui montre où se trouve la Sicile, le pays de Carlo. Elle veut voir où sont situés le Japon et la Chine. C'est de là que viennent beaucoup de soies tissées en usine. Le docteur Grandville lui parle de Pas-

---

* Pétafiné : gâté, abîmé, cassé.

teur et de ses recherches sur la maladie du ver à soie. Oncle Pierre lui explique que c'est à cause de cette maladie que l'on fait venir des soies de Chine et du Japon.

Le monde continue à grandir pour Claudine. Et l'atelier de son père lui paraît moins étriqué : « Est-ce que Papa tisse de la soie de Chine ou de France? Peut-être sait-il des choses qu'il ne se donne pas la peine de me dire? Et Maman? Si elle me parlait, elle serait moins triste. »

Le docteur Grandville offre à Oncle Pierre un verre d'hydromel de sa fabrication, et à Claudine du sirop de poire. Oncle Pierre tend son verre à Claudine. Elle goûte du bout des lèvres. C'est fort, et cela la fait tousser.
– Allons, dit le docteur Grandville, contente-toi plutôt de mon sirop de poire. Tu es encore un peu jeune pour l'alcool.
– Aux grandes personnes non plus, ça ne leur fait pas de bien, répond Claudine. Le dimanche après-midi, elles vont au

café faire tope et tingue*. Lorsque Papa revient, il a pris des lampées de trop. Il meugle**. Heureusement qu'il ne tisse pas, autrement il ferait du travail à la grispipi.***
– Comment dis-tu? rit le docteur Grandville. C'est lyonnais, tout ça?
– C'est comme ça que je parle. Vous me comprenez?
– Mais oui, je te comprends.

Claudine a plu au docteur Grandville. Il a rarement l'occasion de rencontrer des malades aussi énergiques. Il a souvent vu des tuberculeux sans espoir. Les conseils et les remèdes deviennent alors inutiles.
– Vous avez fait un quart du chemin pour elle, dit-il à Oncle Pierre. C'est elle seule qui doit faire le reste. Et elle le fera. Ce n'est pas une fille ordinaire, cette Claudine. Et il ajoute, tout bas : Choyez-la comme vous avez choyé votre Carlo lorsque vous l'avez récupéré. Elle en a besoin.

* Faire tope et tingue : trinquer.
** Meugler : crier.
*** Grispipi : mal fait.

Oncle Pierre fait un clin d'œil :
– Ne vous inquiétez pas. Yvette sait y faire.

Claudine va avec Carlo garder les huit chèvres le long des chemins. Les chèvres sont des bêtes capricieuses et difficiles. Elles broutent ici et là, flairent une aubépine et l'abandonnent pour une églantine, piétinent le trèfle mais, d'un coup de langue habile, cueillent quelques orties qu'elles grignotent du bout des dents en agitant leur barbiche. Il faut suivre leurs désirs mais ne pas leur laisser faire tout ce qu'elles veulent.

Claudine a toujours envie de dessiner mais elle n'a emporté ni livre ni papier. On ne peut pas en même temps garder des chèvres et dessiner. D'ailleurs, pour le moment, l'essentiel, c'est de guérir. Ses projets en dépendent. Elle a pris du pain et du fromage, qu'elle s'efforce de mastiquer. Et elle respire, avec application. Attentive, elle sent l'air frais pénétrer dans ses poumons.

Carlo observe les insectes, et de temps en temps il donne un coup de bâton à une chèvre prête à reprendre le chemin de la maison. Il ne parle pas beaucoup avec Claudine. Cette fille lui paraît bizarre. Et puis, Tante Yvette et Oncle Pierre s'en occupent beaucoup trop.

– Où tu vois les animaux que tu dessines? demande Claudine.
– Je les vois dans ma tête.
– Où dans ta tête?
– Je sais pas. Tiens, regarde. Tu vois cette coccinelle? Bon, je compte ses pattes. Les petites ailes noires sous les rouges, je les connais déjà. Je vois le dessin que je ferai ce soir. Je mettrai un crayon entre les pattes d'une coccinelle, elle fera une addition : 6 + 7, à cause des six pattes et des sept taches sur le dos. Tu comprends?

Claudine n'a pas bien suivi. Pourtant Carlo a l'air sûr de sa méthode. Elle réfléchit : « Moi, c'est à ce que tisse Papa que je pense. J'enroule la soie autour du corps d'une dame. Une robe. S'il y a du rouge dans la robe, il faudra quelque chose de rouge ailleurs. Peut-être un ruban sur le chapeau. Moi aussi, je vais savoir faire. »

– Moi aussi, je vais savoir faire, dit-elle tout haut.
– Tu sauras faire quoi?
– Dessiner. Des robes. Des chapeaux.
– Un chapeau, sur ta tête? Avec tes tresses, tu auras l'air d'un lapin sans poils aux oreilles tombantes.
– Est-ce que tu me dessineras?
– Je dessine des animaux, pas des gens.
– Moi, je vais dessiner des gens. La soie que mon père tisse à Lyon, c'est pour les gens qui ont des sous à regonfle. Ce qu'il fait, c'est très, très beau. Moi, je ne suis pas belle. Je n'ai que des blouses. Mais j'ai des idées.

Carlo se remet à observer la coccinelle. Claudine pense: « Je préfère les grandes personnes. Oncle Pierre, Tante Yvette, le docteur Grandville. Ils m'écoutent, eux. Ils me disent ce qu'ils savent. Carlo, il est comme Laurent. Il ne comprend pas ce que je dis. »

Les chèvres ont beaucoup mangé. Elles se font de plus en plus difficiles. Alors Carlo leur donne des petits coups de bâton sur le dos pour leur faire prendre le chemin du retour.

※
※※

A la ferme, Oncle Pierre est en train de réparer une charrette.
– Ça va, les enfants?
– Tu vas me faire lire, ce soir? demande Claudine.
– Autant que tu veux.
– Est-ce qu'elle lit aussi bien que moi? demande Carlo.
– Tu m'ergasses*. Pendant que je suis ici, j'apprends. Et quand je serai à Lyon, je...

Elle ne finit pas sa phrase et rentre en courant dans la maison.
– Tante Yvette, est-ce que je vais mieux?
– Tu tousses beaucoup moins. Et tu me rends bien service. Tu vas me manquer

* Ergasser: agacer.

lorsque tu retourneras à Lyon. Deux enfants, c'est mieux qu'un.

Claudine dit d'un ton boudeur :
– Je ne suis pas ta fille. J'habite à Lyon. Carlo, lui, c'est ton fils. Il faudra bien que je me débrouille toute seule. Je n'ai besoin de personne.

Tante Yvette pose la main sur l'épaule de Claudine.
– J'aime mieux la ville que la campagne, ajoute Claudine. Et j'aime mieux les gens que les animaux.

Tante Yvette reste silencieuse et sourit. Claudine finit par dire, en embrassant sa tante :
– C'est toi qui me guéris. Sans toi, je n'y arriverai pas. Je t'aime bien, et Oncle Pierre aussi.

Claudine prend le livre qu'elle avait laissé sur une chaise et, à plat ventre sur son lit, recherche les mots et tente d'en déchiffrer de nouveaux qu'elle connaît déjà.

Cinq mois ont passé.
Le docteur Grandville est à la ferme.

Tante Yvette et Oncle Pierre ont voulu lui faire constater les progrès de Claudine. Elle prend des couleurs. Elle mange et dort bien.

Le médecin ausculte Claudine avec plaisir. Sa peau n'est plus violacée. On voit moins les veines sous ses longs doigts blancs.

– Ton oncle et ta tante se sont bien occupés de toi. Tu te guéris. Et je t'ai apporté un cadeau.

Un cadeau! Pour elle! Avec précaution, Claudine tâte l'emballage, retarde la joie de la surprise. Une boîte? Puis elle enlève la ficelle à la hâte.

– J'ai pensé que de l'aquarelle, ça finirait de te guérir, dit le docteur Grandville.

Il sort de sa serviette un porte-plume, une petite bouteille d'encre de Chine, trois pinceaux et une grosse liasse de papier.

Claudine prend la main du médecin et l'embrasse :

– Si un jour je deviens riche, je vous enverrai un foulard de soie que j'aurai créé.

– Tu me vois à Toulaud avec un foulard de soie?

— Des foulards de soie, j'en ai rêvé quand j'étais à Lyon. J'en ai dessiné ici. Lorsque je serai grande, j'en créerai pour des magasins. Je vous en enverrrai.
— Je vais te raconter une fable. Ecoute :

Perrette, sur sa tête ayant un pot au [lait
Bien posé sur un coussinet,...

Elle rêve qu'elle va acheter des tas de choses avec son lait. Perrette saute de joie. Le lait tombe. Adieu ses rêves.
— Bien sûr, dit Claudine. Mais quand je rêve, moi, je ne saute pas. Je rêve un crayon à la main en faisant des dessins.
— Fais attention à ne pas retomber ma-

lade. A Lyon, tu devras à nouveau travailler dur.
– Bûcher, ça ne me fait pas peur!
Elle change de sujet.
– Ça ne doit pas être bon pour Tante Yvette de respirer les vapeurs au-dessus de la marmite où elle dévide les cocons?
– Non, bien sûr. Mais à Toulaud la vie est plus calme qu'à Lyon. Et l'air est meilleur. Ton oncle et ta tante ont du temps à eux. Leur travail n'est pas trop monotone. Ils ont la ferme aussi. Et surtout moins de soucis que ton père...

Claudine prépare le repas avec Tante Yvette. Le docteur Grandville parle de ses malades et Tante Yvette de son travail à la ferme. Carlo dessine des poulets qui font cuire des œufs. Et quand Oncle Pierre arrive, Claudine annonce :
– A table pour le goûter soupatoire.
– Un goûter soupatoire? dit le docteur Grandville. C'est une très jolie expression.

Comme souvenir de son séjour, Tante Yvette donne à Claudine une robe qu'elle portait lorsqu'elle a connu Oncle Pierre : une robe bleu pâle avec un grand ruban blanc.

La robe est trop large. Claudine se regarde dans le miroir carré de la chambre de sa tante. Elle ne se voit que par petits bouts et se fait des grimaces. Elle a changé. Son corps s'est arrondi. Elle se sourit, se dit bonjour, louche, modifie son visage par toutes sortes d'expressions pour savoir si elle est restée la même. Et elle n'arrive pas à se décider : Est-ce qu'elle est mignonne comme un papillon, ou ridicule comme une chenille déguisée? Ce qui est sûr, c'est que c'est la première fois qu'elle porte une aussi jolie robe.
— Merci, Tante Yvette. Comment tu me trouves?
— Et toi, comment te trouves-tu?
— Toi, dis-le-moi!
— C'est toi qui décides.
— Je me trouves très bien.
— Eh bien, moi aussi, je te trouve très bien, dit Tante Yvette en riant.

Le jour du départ, Tante Yvette entasse de bonnes choses dans un grand

panier : de la confiture de châtaignes, des fromages de chèvre et des légumes.
— Dis bonjour à ta famille pour moi. Dis-leur que ça ne nous a pas du tout gênés de t'avoir. Et reste en bonne santé.
— Surtout, retombe pas malade, dit Carlo.
— Tu veux pas que je revienne, hein ? Tu es content que je parte.
— Je te dis pas ça. Je te dis : retombe pas malade.

Oncle Pierre charge dans la charrette les écheveaux de soie enroulés dans des tissus.

Et Claudine a maintenant hâte de savoir ce que, seule, elle peut accomplir.

Chapitre 3

Oncle Pierre a laissé Claudine en bas de chez elle. Comme toujours, il a préféré ne pas rencontrer sa famille de Lyon.

Claudine monte l'escalier raide et étroit jusqu'au quatrième étage.
Bistanclaque-pan! Bistanclaque-pan! Rien n'a changé. Son père est là, habillé comme d'habitude de ses gros bas à côtes et de sa culotte en velours de coton gris. Assis sur sa banquette, il travaille. Il a remonté le métier et tisse un satin vert à rayures gris-rose. Toni fait du velours sabré rouge et blanc. Sur le troisième

métier, Claudine aperçoit de la soie grège.
– Ta mère a commencé ton travail, dit M. Boichon. On fait de l'uni naturel. C'est pour dans quinze jours. Il n'y a pas de temps à perdre.

Devant cet accueil, Claudine a envie de tout jeter par terre et de s'enfuir pour ne pas hurler sa fureur et sa peine.

Laurent et Jean-Pierre ont aperçu la charrette de l'oncle Pierre dans la rue. Ils entrent en courant et embrassent Claudine.
– Alors, t'es revigorée? demande Laurent.

Claudine tente de leur sourire. Laurent est encore plus maigre qu'avant. Et Jean-Pierre a grandi.
– Oui, je vais bien mieux.
– Eh bien, assieds-toi au métier si tu vas mieux, gronde son père.

Claudine prend la main de Jean-Pierre. Elle dépose un baiser sur chacun de ses doigts en disant : « Gros det*. Laridet*. Longue Dame*. Jean du Siau*. Saute, petit cortiaud*. »
– Si t'as faim, dit Laurent, y'a de la

---

* Noms des cinq doigts de la main.

crasse* de beurre, bien noire et bien salée. Tu m'en feras une tartine, à moi aussi?
— J'ai un cuchon de bonnes choses. Tu veux goûter de la confiture de châtaignes?

M. Bouchon ronchonne à nouveau :
— On mange lorsqu'on a travaillé.

Claudine fait un clin d'œil à Laurent, l'air de dire : « Toujours la grise mine. »

Laurent lui en adresse un à son tour : « Pipe pas mot! »

Pourtant Claudine a envie de crier : « Je partirai. Je ne supporterai pas que Papa me traite comme ça. »

Puis elle dépose ses vêtements près de son matelas et pend la robe bleue dans le placard. Elle monte sur un tabouret et installe sa boîte de peinture et ses dessins au-dessus du placard de la cuisine. « Il n'y a que Maman qui pourra les trouver. Elle comprendra. Peut-être... Je lui parlerai. »

Claudine attrape une poignée de haricots secs.

* Crasse : résidu de beurre fondu.

- Viens vite, dit-elle à Laurent. On joue deux minutes et je me mets au travail.
« Alingien.
- Je m'y mets.
- Jusqu'à quand?
- Jusqu'à dix.
- T'as perdu. J'en ai sept. »
- C'est fini, de faire les bredins? gronde M. Boichon.
- J'arrive!

Claudine monte sur sa banquette. Une grande lassitude l'envahit. Elle hésite à relancer la navette. Travailler tout de suite, oui, mais ne pas se laisser abrutir, ne pas oublier ses projets. Ne pas retomber malade.

Claudine respire profondément, puis jette un coup d'œil sur le satin que tisse son père. Comme c'est beau! Claudine ferme les yeux...

Apparaît une dame plus très jeune, en longue robe de satin à rayures gris rosé. Ses bras sont voilés d'une mousseline de soie grise retenue au poignet par un mince ruban dans le ton de la robe. Sur sa tête, elle a posé une capeline de paille ornée de roses pompons. Elle sourit à

Claudine et lui murmure : « C'est tout à fait ce que je voulais, mademoiselle Boichon. Faites réaliser votre modèle. » Claudine sourit.

– Tu dors, Claudine? demande Toni. Il y a à faire. Worth, de Paris, a passé des commandes à Montessuy. Et Montessuy nous les a données. Tu n'as même pas regardé mon velours. C'est beau, hein? Et tu ne m'as même pas dit bonjour non plus.

Claudine sort lentement de sa rêverie. Devant elle, la soie grège*.

M. Boichon a demandé à Montessuy de garder actif son métier à bras. Montessuy a donné son accord, mais il a décidé de ne plus faire tisser à l'atelier que de la soie naturelle qu'il fera teindre ensuite en usine. Cette soie lui reviendra bon marché.

Claudine lance la navette.
– J'ai fait sauter un fil!
– Cinq mois loin de l'atelier et tu es encore plus gnoque qu'avant, dit son père. Répare-le, ton fil.

* Soie grège : soie telle qu'on l'obtient après simple dévidage du cocon.

— Allons, je vais arranger ça, dit Toni. Il faut qu'elle reprenne la main.
— Et qui me tissera mon velours pendant que tu répares son fil?

Toni se tait. Mieux vaut ne rien répondre. Il se lève, fait un clin d'œil à Claudine, noue le fil adroitement, et tire sur le tissu pour le rééquilibrer.

Claudine sent qu'elle doit travailler vite et bien. Si son père se fâche, ce ne sera pas seulement contre elle, mais aussi contre sa mère. Et Claudine a hâte de la revoir. La joie de son séjour à Toulaud est encore vive. Tout en lançant la navette, Claudine se rappelle les moments heureux. Elle se récite des noms de fleurs. Elle esquisse en pensée des robes et des chapeaux.

Claudine a travaillé jusqu'au soir. Il est sept heures. Mme Boichon rentre.
— Claudine!
— Maman!
— Tu es toute ronde, ma grande! Yvette t'a bien soignée!
— Elle est si gentille! Et Oncle Pierre

aussi. Ils m'ont donné des légumes, de la confiture de châtaignes et des petits fromages de chèvre.
– C'est mieux chez eux que chez nous, hein? Yvette est heureuse, elle. Elle a toujours tout réussi. Et moi qui n'arrive même pas à vous nourrir comme il faut! On est tous habillés de guenilles. Je ne gagne même pas deux francs par jour. Je peux toujours m'éreinter!
– Mais, je n'ai pas dit ça!
– C'est ce que tu penses! Mais, toi aussi, comme moi, tu y passeras va! L'usine, la famille, les fins de mois...
– Si je faisais des chaudelets* à l'anis? propose Claudine. Ou des bugnes. Tante Yvette a bien aimé les miennes.
– A cette heure-ci? Tu n'as pas le temps!

Claudine est découragée. Elle était si contente de revoir sa mère! Mais rien ne semble pouvoir rendre celle-ci heureuse. Dans l'atelier étroit, sale, elle étouffe. Elle songe à sa vie à elle, lointaine... Elle ne sera pas canuse. Jamais.

* Chaudelet : petit gâteau.

Pour arranger les choses, Laurent propose :
— Et si on allait voir Guignol et Gnafron, au théâtre des marionnettes, dimanche.
— Le guignol, c'est bon pour les bourgeois, dit M. Boichon. Ceux qui travaillent ne vont pas voir les canuts en marionnettes. Les embiernes des canuts, ils les connaissent bien assez. Et puis, qui va sortir les sous, hein ?
— Moi, coupe Mme Boichon. Claudine et Laurent iront tous les deux. Jean-Pierre viendra avec moi au parc. Les gones* ont bien le droit de s'amuser de temps en temps.
— Il n'y a pas de quoi faire la fête. Pour l'instant, il y a du travail. Mais si la mode change à Paris, ça pourrait bien fermer ici. Le beau, le très beau, ça risque de disparaître. Mettez-vous tous ça dans la tête. Il y a des soies bon marché qui commencent à se vendre, partout.

Claudine voudrait dire à son père : « Un jour, je créerai des vêtements dans de très beaux tissus. Du travail, les vrais canuts en auront toujours. » Mais son

---

* Gone : enfant, gosse.

rêve est si fragile, si lointain, et son père a l'air si dur, si peu disposé à l'écouter qu'elle n'ose pas en parler. Alors elle dit doucement :
– Il est beau ton satin, Papa.
– Je le sais bien, qu'il est beau. Mais maintenant, il leur faut du pas cher, du tape-à-l'œil, du vite fait. En usine, ils te mélangent de la laine et de la soie. Ils te font des guenilles sur leurs métiers. Ils te les vendent au poids dans les bazars de Paris. Ils veulent tous du nouveau, toujours, de toutes les couleurs. Le beau façonné de chez Boichon, il n'habille pas beaucoup de monde. Aujourd'hui, voilà, tout le monde veut s'habiller comme ceux qui ont beaucoup d'argent. Et c'est le règne du torchon. Ils appellent ça de la soie... Ici, tout va mourir!

M. Boichon n'a jamais autant parlé. Claudine ne lui connaissait pas cette voix chargée d'inquiétude. C'est vrai, l'atelier pourrait bien disparaître... Et sa résolution de créer des modèles dans de très belles soies devient plus forte que jamais.
– Je ne suis quand même pas malheureuse d'être ici, dit Claudine.

— L'important, ce n'est pas de savoir si tu es contente ou pas, mais combien de centimètres tu peux tisser par jour.

※※※

Dimanche.

Claudine enfile la robe bleue donnée par Tante Yvette. Elle tresse ses cheveux avec soin. Pour la première fois, elle se sent mignonne. Sa mère a le sourire. Son père ne dit rien. Il n'est pas content de cette sortie aux marionnettes. « Un gaspillage, se dit-il. Et ce n'est pas moi qui pourrais lui offrir une robe pareille. Encore Pierre et Yvette qui nous font la morale, sans en avoir l'air! »

Claudine et Laurent descendent de la Croix-Rousse et prennent le passage de l'Argue où se trouve le théâtre Mourguet. On donne aujourd'hui *Le Pot de confiture* et *Le Marchand d'aiguilles*. Claudine ne reconnaît personne de la Croix-Rousse et serre la main de Laurent. Elle est à la fois intimidée et heureuse. Sortir au théâtre est une occasion extraordinaire. Ce sont surtout les enfants de familles

bourgeoises qui viennent ici, accompagnés de leurs gouvernantes.

Claudine regarde comment sont habillés les enfants : les petites filles portent des jupons qui gonflent leurs robes, des capotes à fleurs et des bottines. Les jeunes garçons ont des souliers vernis et les cheveux bien écrasés sous leurs chapeaux. Claudine passe furtivement la main dans la tignasse de Laurent.

Guignol est un canut sympathique et débrouillard. Il parle comme on parle à la Croix-Rousse. Et Claudine s'étonne d'entendre les autres enfants rire aux mots de niguedouille, couâme, bugnasse. Par contre, elle comprend très bien pourquoi Guignol grogne contre les fabricants et se moque de la mauvaise humeur des femmes. « C'est comme à la maison, pense Claudine. Comme Maman. Les femmes ne sont pas heureuses. Elles n'ont pas pu apprendre un métier qu'elles aiment. Maman doit s'occuper de nous, les enfants. En plus, elle travaille à l'usine. Elle ne gagne presque rien. Elle n'a pas le temps d'être gentille avec nous, avec Papa. Pas étonnant qu'elle ait toujours l'air triste. »

A côté d'elle, Laurent rit aux éclats et trépigne de joie à chaque échange de coups de bâton. Et tous deux applaudissent de bon cœur à la fin du spectacle.

– Si on ne remontait pas chez nous tout de suite? On irait à Bellecour, dit Laurent.
– Tu veux du coco, hein? Allons-y!

Et Laurent sautille à côté de sa sœur jusqu'à la place Bellecour.

La marchande de coco est là. De chaque côté d'elle, deux planches de bois la protègent des courants d'air. Sur un tréteau, il y a une immense carafe pleine d'eau au réglisse, avec un citron en guise de bouchon.

La marchande remplit un grand verre. Laurent commence à boire.
– Et toi? Tu n'en prends pas? demande la marchande à Claudine.
– Il nous reste qu'un sou. On est allé voir Guignol.
– Vous êtes de la Croix-Rousse?

– Bien sûr, dit Laurent. On est des canuts. Ça se voit pas?
– Eh bien, pour les canuts, j'offre le deuxième verre.

Quelle bonne journée : la robe bleue, les marionnettes et un verre de coco! Claudine est ravie.

– Avant de remonter, je veux aller à la cathédrale, dit Claudine.
– Qu'est-ce que tu veux y faire, à la cathédrale? Tu sais bien que Papa ne veut pas qu'on y aille.
– Papa n'est pas là. Et moi je fais ce que je veux. J'y suis déjà allée d'ailleurs, sans rien dire à personne. Le bon Dieu, ça m'est égal, mais il y a des vitraux, là-bas.
– Et alors?
– A cette heure-ci, le soleil donne dedans. Et ça fait des couleurs encore plus jolies que celles de la soie de Papa. Ça brille. C'est magnifique. Il faut que je fasse des couleurs aussi belles.
– T'as pas à faire des couleurs, toi! Tu tisses du grège. « Du grège, rien que du grège », a dit Montessuy.
– Ecoute, je te dirai quelque chose tout à

l'heure, si tu promets de rien répéter.
- Dis tout de suite.
- Après la visite à la cathédrale.

Claudine et Laurent ne sont pas pressés. Ils ne prennent pas le chemin le plus court. Ils remontent jusqu'à la rue Sala et traversent la Saône sur la passerelle Saint-Georges. Ils sautillent le plus souvent qu'ils peuvent pour faire bouger les planches. Des pêcheurs trempent leur fil dans l'eau.

Une odeur d'encens flotte dans la cathédrale. Les vêpres viennent de se terminer. Là-haut, les vitraux jettent des éclats bleus et mauves. Des lueurs colorées teignent les piliers. C'est beau!

Claudine oublie Laurent. Elle imagine des jeunes filles vêtues de robes aux corsages vaporeux. Elles se tiennent par la main et font la ronde.
La danse des jeunes filles devient plus rapide et les longs rubans bleus et mauves de leurs chapeaux se mêlent les uns aux autres...

Laurent tire Claudine par la main :
- Alors tu viens ?
- Regarde comme c'est beau. Toutes ces couleurs. Est-ce que tu crois que Papa les voit comme ça ?
- Papa ! Il va voir l'heure... S'il est revenu de trinquer avant nous, il va faire des tempêtes. On n'a pas assez d'argent pour la ficelle*. Il faut rentrer à pied, retraverser l'eau et remonter en vitesse.

Claudine ferme les yeux un instant, pour que s'impriment en elle les couleurs des vitraux.

- Alors, qu'est-ce que tu voulais me dire ? demande Laurent.
- A Toulaud, on m'a donné des aquarelles pour faire des dessins et des peintures. C'est à la cuisine, au-dessus du placard. Quand je serai grande, je dessinerai des robes, des corsages, des manteaux... Ça, je ne l'ai jamais dit à personne.
- Faut pas le dire. Si tu travailles pas, t'auras pas de quoi acheter du coco. A quoi ça te mènera, tes dessins ? A recevoir des coups.

* Ficelle : chemin de fer qui monte sur les collines de Lyon.

— Je dessinerai le soir, tard. Je n'ai pas encore commencé. Mais je le ferai, tu entends. Et personne ne m'en empêchera.
— Et tu crois qu'on va te laisser brûler des chandelles pour faire des dessins?
— On verra bien.

M. Boichon est rentré avant les enfants. Au café, il a bu du vin. Trop. Il est assis sur la banquette, devant son métier, la tête appuyée sur le rouleau. Mme Boichon fait signe aux enfants de ne pas le réveiller.

Claudine n'a guère envie de rester dans l'atelier. Si seulement il y avait des livres, elle s'étendrait sur son matelas et elle lirait. Elle a peur d'oublier ce qu'elle a appris avec Oncle Pierre.

Doucement elle va vers sa mère, met un doigt sur ses lèvres et se hisse sur la pointe des pieds pour attraper sa boîte d'aquarelles; elle étale tous ses dessins sur la table.
— C'est toi qui as fait ça? murmure Mme Boichon d'une voix lasse.
— Chut! Oui. C'est moi. A Toulaud. Et je

veux encore en faire, maintenant, et plus tard. Toute ma vie. Beaucoup.

Claudine verse un peu d'eau dans un couvercle, elle y ajoute une goutte d'encre. Avec ce gris clair, elle dessine des silhouettes. Dès que l'encre est sèche, elle les habille de robes de couleurs avec des plis, des fronces, des drapés.

Sa mère la regarde, silencieuse, émerveillée. Curieux, Laurent s'approche :
— C'est toi qui fais ça?
— Ben oui, niguedouille! C'est mon pinceau et moi.
— T'avais dit qu'il fallait pas en parler.
— Et pourquoi tu m'as tout caché, Claudine? demande Mme Boichon.
— Parce que je ne veux pas que Papa le sache.
— Et qu'est-ce qu'il ne faut pas que Papa sache? demande M. Boichon d'une voix pâteuse.
— Rien, dit Claudine, en ramassant en toute hâte ses dessins.

M. Boichon va dans la cuisine et s'approche de Claudine. Il sent le vin et la pipe.

– Qu'est-ce qu'il ne faut pas que Papa sache ?
– Laisse-la donc, dit Mme Boichon. Elle a passé une bonne journée avec Laurent. Et toi ? Tu as encore été au café boire avec Nizier. Et qui d'autre était là-bas ? Eusèbe et Jean, hein ? Elles seront contentes, leurs femmes, lorsqu'elles les verront ce soir ! Tu ne peux donc pas les rencontrer sans boire ?
– Le dimanche, je fais ce que je veux. Et viens pas déparler* sur Eusèbe et Jean. Eusèbe, il va fermer son atelier et aller travailler en usine, à la campagne. Ça en fera un de moins ici. Et Jean, il boit le dimanche et aussi la semaine. Et sa femme, elle s'en fiche. Elle n'est jamais à la maison, ni le dimanche ni la semaine. Viens donc pas te plaindre !
– Oui, mais, chez Nizier, ça marche. Il a cinq métiers. Et trois compagnons.

Mme Boichon n'aurait pas dû parler de Nizier Véron. Bien sûr, ils sont amis et M. Boichon admire Nizier Véron, mais il le jalouse un peu aussi. Nizier vient de

---

* Déparler : dire n'importe quoi.

remplacer un de ses métiers à bras pour un métier mécanique et il tisse maintenant des nouveautés.

Vite, Claudine cherche ce qui pourrait calmer son père.

Parler du guignol? Non. Des vitraux de la cathédrale? Non. De ses projets à elle? Sûrement pas. Il faudrait trouver quelque chose qui lui fasse plaisir... Ah oui! Sa pipe! Claudine déteste cette odeur de fumée qui se mélange à celle de la soupe, mais, pour éviter les cris, elle dit :
– Papa, fais-nous des ronds avec ta pipe!
– Ah! ma pipe! Je l'avais oubliée. Eh bien, venez tous les trois. Pour allumer une pipe, vous mettez du tabac dans le fond et vous le pressez avec le gros doigt. Ensuite vous en remettez un peu que vous ne tassez pas trop. Et puis vous promenez l'allumette doucement tout autour. Ça fait une couche de cendres à la surface. De nouveau, vous pressez avec le gros doigt. Vous rallumez. Vous tirez et voilà, elle est prête. Vous mettez la pipe entre les dents, comme ça.

M. Boichon tire doucement une bouffée. Deux petits cercles gris s'échappent de ses lèvres. Claudine se retient pour ne pas tousser. Son père est calmé. Il ferme les yeux. Laurent contemple les deux cercles qui s'étirent en ovale, montent mollement, s'étalent, s'estompent, disparaissent. Et Jean-Pierre attend avec impatience que d'autres cercles se forment.

Mme Boichon tire Claudine à part :
– Tu l'as calmé. Ça aurait pu faire des tempêtes.
– Je le savais. Alors, mes dessins ?
– Ils sont magnifiques. Mais il faudra mieux pas faire ça ici.
– Où, alors ?
– Je ne sais pas. Laisse ça tranquille. C'est mieux pour toutes les deux.
– Pas pour moi.

Claudine pense : « Moi, je sais que je veux dessiner. Maman, tu n'es pas très heureuse, je le vois bien. Ce n'est pas sur toi ni sur Papa que je compte. Et tous les deux, il faudra bien que vous me laissiez faire ce que je veux. C'est vous qui n'aurez plus le choix. »

Pendant un moment, la maison est calme.

M. Boichon rêvasse en fumant sa pipe.

Laurent et Jean-Pierre, assis par terre, le regardent.

Mme Boichon fait ramollir des croûtes de pain dans la soupe.

« Pourvu que Toni n'arrive pas maintenant! se dit Claudine. Ça risque de tout gâter. »

En effet, lorsque Toni rentre le dimanche soir, il a souvent bu lui aussi et il raconte des histoires sur ses amies de rencontre. Claudine n'aime pas ça : Toni parle des filles comme si elles étaient des poupées de foire rangées sur des étagères, attendant que quelqu'un les gagne à la loterie. Mme Boichon non plus n'aime pas l'écouter. M. Boichon lui, ricane.

« Jamais je n'accepterai qu'on parle de moi comme ça. J'aurai un métier que beaucoup d'hommes m'envieront. Je les forcerai à me respecter. »

Chapitre 4

Ce matin, 29 mars 1882, le journal de Lyon, *Le Nouvelliste*, porte en gros titre :
L'ÉCOLE DEVIENT OBLIGATOIRE.

A Paris, Jules Ferry et Paul Bert viennent de faire voter de nouvelles lois sur l'enseignement. Tous les enfants devront aller à l'école jusqu'à treize ans.

Claudine a appris la nouvelle par Noémi, la fille de l'épicière de la rue d'Ivry. Noémi n'est pas vraiment l'amie de Claudine. Claudine n'a pas d'amie.

Mais Noémi, que ses parents ont mise à l'école de la Martinière, lui a prêté deux livres. Claudine lit et relit en cachette les *Contes des mille et une nuits* et l'*Histoire de France*.

– Ça y est! dit Noémi, ton père va être obligé de t'envoyer en classe. Sinon tu pourrais gongonner* contre lui. Dis, tu me raconteras tout...

Noémi est curieuse. Elle aime bien savoir tout ce qui se passe dans le quartier et, bien sûr, les malheurs de Claudine l'intéressent.

– Tout! Tu m'entends! reprend Noémi. Tu me diras s'il te secoue, s'il te bat. Tu ne me cacheras rien.

Claudine se tait. Elle a toujours les livres prêtés par Noémi. Ce n'est pas le moment de lui dire : « Tu es une curieuse. Ma vie ne te regarde pas. »

Noémi, devant le silence de Claudine, se met à manger, son grand passe-temps. Elle a le droit de prendre tout ce qu'elle veut dans le magasin : une cuillerée de

---

* Gongonner : rouspéter.

sucre dans le sac en toile; des bonbons à la réglisse dans le bocal rond, une pomme, une orange, des noix. Noémi grignote, mange, dévore. Et Mme Canezou se réjouit de voir sa fille si ronde, surtout lorsqu'elle la compare à la maigrichonne Claudine.
– Oui, il va bien falloir qu'il m'envoie en classe, dit enfin Claudine.
– Mais il n'acceptera jamais, ton père! Tu m'as dit qu'il ne changeait jamais d'avis.
– Il faudra qu'il accepte.

Et Claudine achète une bouteille d'huile, refuse les bonbons que lui offre Noémi et rentre chez elle.

M. Boichon a, lui aussi, appris la nouvelle. Nizier Véron a lu *Le Nouvelliste* avec attention... Et il a expliqué la loi à M. Boichon, qui ne lit pas très bien.

Si les parents font la classe aux enfants, ceux-ci ne seront pas obligés d'aller à l'école. On enverra des inspecteurs de police contrôler les familles pour voir si la loi est respectée.

Cette possibilité est destinée surtout aux familles riches, pour éviter à leurs enfants de côtoyer dans les écoles des enfants pauvres. Mais M. Boichon entend l'utiliser à sa façon : Claudine n'ira pas à l'école. Elle a déjà douze ans. L'école est obligatoire seulement jusqu'à treize ans. Un an de plus ou de moins, cela importe guère.

A son retour de l'épicerie, Claudine s'installe sur sa banquette et se remet fébrilement à tisser. A côté d'elle, son père tisse très vite, la mine sombre, la pipe coincée entre les dents.
Il ne dit rien. Bistanclaque-pan. Le bruit des trois métiers à tisser rythme les secondes.

De son côté, Mme Boichon a appris la nouvelle. A l'usine, ses camarades de travail l'ont discutée durant la pause de midi. La chance d'apprendre à lire et à écrire, elle ne l'a jamais eue. Elle ne veut pas que sa fille la laisse passer. Aussi, dès qu'elle rentre le soir, c'est la première chose qu'elle dit :
– Alors, Claudine va pouvoir aller à l'école...

— Jamais! dit M. Boichon. Elle reste ici. Elle tisse ici. Et lorsqu'elle pensera au conjuguo*, qu'elle parte avec son homme. Elle fera ce qu'elle voudra. Mais ici, elle fait ce que je dis.
— On pourrait la mettre chez les religieuses. Elle serait nourrie et logée.
— Les religieuses, c'est non. Et les pas religieuses, c'est non aussi. Elle reste ici et au boulot.
— Et à la Martinière? demande Mme Boichon. Noémi y va. Elle apprendrait un métier et à lire en même temps.
— Moi, je ne veux pas aller dans une école où on apprend un métier, intervient Claudine. Je veux connaître l'histoire, la géographie, je veux apprendre à écrire le français très bien. Je ne serai jamais canuse. Je ne veux pas aller à l'usine. Une fois que je serai coincée à dévider de la soie, j'y serai pour toute ma vie. Comme toi, Maman. Je ne veux être ni comme toi ni comme Papa.

Toni regarde Claudine. Laurent re-

* Conjuguo : mariage.

101

garde Claudine. Mme Boichon regarde M. Boichon.

M. Boichon se lève, donne une gifle à sa fille, tire brutalement une de ses tresses, la gifle à nouveau :
— On ne te demande pas ce que tu veux faire, tu entends! Tu n'iras pas à l'école. L'atelier n'est pas encore fermé. Tu travailles ici. Ici! Et que je ne te reprenne pas à parler comme ça chez moi. Ça a douze ans et ça veut faire la loi! C'est une fille, et ça veut faire ce que ça veut! La loi, c'est moi qui la fais, et tu la suis.

Claudine est rouge. Sa joue est brûlante. Elle a peine à respirer. Elle a l'impression que la déchirure qu'elle avait oubliée s'ouvre de nouveau dans sa poitrine. Elle tente d'effacer ce qui l'entoure, elle se concentre. « Je dois respirer lentement. Je ne retomberai pas malade. Je suis forte. Je suis guérie. C'est moi qui me suis guérie. »

Mme Boichon ne sait quel parti prendre. Pourtant, à l'usine, elle avait décidé de ne pas se laisser intimider par son

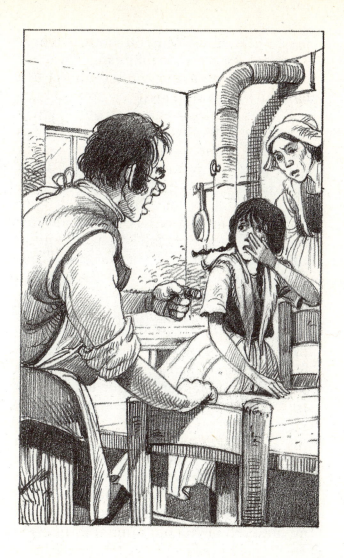

mari. Elle voulait le forcer à envoyer Claudine à l'école. Maintenant, devant la colère de M. Boichon, elle n'ose plus rien faire.
— Et si la police vient voir ce qui se passe chez nous? dit-elle. Tu pourrais aller en prison. C'est ça que tu veux?
— Tu perds la tête, vieille gnoque. Chez moi, je suis le maître.

Claudine ne pleure pas, ne supplie pas. Mais une haine contre son père monte en elle : « De quel droit dirige-t-il tout dans cette famille? D'accord, il gagne davantage d'argent que Maman, et c'est lui qui a la responsabilité des métiers. Si je suis paresseuse, qu'il me secoue, d'accord. Mais me refuser le droit d'aller à l'école alors que les garçons y vont, et des filles aussi, comme Noémi! Non, je ne deviendrai pas comme Maman. »

Claudine bute contre un mur qu'elle n'arrive pas à enfoncer. Elle colle son visage brûlant contre le carreau frais de la fenêtre : ses rêves de Toulaud s'estompent. Il lui reste l'angoisse des jours monotones.

Le lendemain, après le déjeuner, Claudine se faufile hors de la maison.

Elle salue quelques personnes du quartier, surprises de la voir : elle devrait être au travail. Elle dévale la montée Saint-Sébastien, traverse la place de la Comédie, et prend la rue de la République jusqu'au magasin des *Deux Passages*.

Elle en a parlé avec Noémi : « Bien sûr que tu peux y aller. Je le connais, ce magasin. On ne te dira rien. On fait ce qu'on veut, là-bas. »

Un instant intimidée, Claudine regarde la devanture. Puis elle décide d'entrer à la suite de deux dames qui portent des cartons à chapeaux. La voilà dans le magasin. Claudine ne sait pas très bien ce qu'elle est venue faire. Elle n'a pas un sou à elle, elle ne peut rien acheter.

Elle regarde les gens qui regardent. Toutes les femmes de la Croix-Rousse portent des blouses ou des robes longues noires ou grises. Ici, les vendeuses ont des jupes et des corsages de couleurs. Claudine remarque bien sûr des dames âgées avec de longues robes

105

d'épais taffetas noir, mais la plupart des jeunes femmes portent des robes rouges, fuchsia ou mauves. Les femmes, jeunes ou âgées, bavardent entre elles, touchent à tout, attrapent des vêtements, les présentent contre leur corps, se font des sourires dans les miroirs, s'amusent à voir leur silhouette ici et là.

Claudine n'a jamais touché à rien dans un magasin, pas même chez Mme Canezou ou chez le boulanger. Ici, tout le monde semble avoir le droit de fouiller. Elle effleure des oiseaux en plumes. Elle jette un coup d'œil sur la vendeuse qui lui demande en souriant :
– Voudriez-vous un petit oiseau pour mettre sur vos tresses, mademoiselle ?
Vite, Claudine met les mains derrière le dos. Elle est surprise. La vendeuse lui dit « vous » et lui parle aimablement.
– Vous pouvez toucher, mademoiselle, reprend la vendeuse, toujours souriante. Il y a des fleurs en soie qui viennent d'arriver. Elles ne sont pas très chères. Regardez le prix.
Claudine, cette fois, se sent flattée.

Aurait-elle l'air de quelqu'un capable d'acheter des fleurs en soie pour mettre sur un chapeau? Elle jette un coup d'œil sur le prix : cinq jours du salaire de sa mère. C'est vrai. Les prix sont affichés. Elle n'a jamais vu ça.

Et Claudine se promène d'un rayon à l'autre : « Ce jupon de mousseline coûte un mois du salaire de Maman, ce chapeau quinze jours. Ces bas, deux jours de celui de Toni. »

Une cliente au nez pointu et aux yeux de souris est en train de réclamer :
– Je vous rapporte ce sac. Il ne va pas du tout! Il est horrible! Horrible avec mon manteau! Horrible avec mes souliers! Horrible avec mon chapeau!

« Alors pourquoi l'a-t-elle acheté? » se demande Claudine.

Et la vendeuse, patiente, laisse la cliente se fâcher. Elle examine le sac. Il n'a pas été abîmé.
– Nous allons vous rembourser tout de suite, madame.
– J'espère bien!

Rembourser? Voilà encore une chose

nouvelle pour Claudine. Ici, on peut donc rapporter ce qui ne vous plaît pas! « Que dirait Mme Canezou si je lui rapportais son huile en disant : Cette huile est mauvaise dans ma salade! Mauvaise avec mes choux rouges! Mauvaise avec mes oignons! »

Et Claudine continue de se promener et de regarder : des parapluies, des coussins, des lampes, des bracelets.

— Nos pantoufles de soie viennent de Chine, lui dit une vendeuse. De même que ces brûle-parfum.

Claudine examine les pantoufles. Ce n'est vraiment pas de la belle soie. (Le tissage présente de nombreux défauts.) Et le dessin n'est même pas régulier. Puisqu'ici tout le monde a l'air de faire ce qu'il veut, Claudine fait remarquer :
— Il y a des tas de griffures sur vos pantoufles. Et cette soie, elle est mal tissée.
— Mais elles viennent de Chine.
— Et alors? A la Croix-Rousse, on fait mieux.

La vendeuse n'a pas bien compris ce que veut dire Claudine. Mais, avant tout,

elle se doit d'être aimable et de ne pas contrarier les clientes. Alors, avec un sourire très gracieux, elle répond :
– Vous avez tout à fait raison.

Et adroitement, elle se tourne vers une dame qui regarde depuis un instant les pantoufles en soie :
– Nos pantoufles viennent de Chine, de même que...

Claudine n'écoute plus. Elle est effarée par la multitude de choses qui l'entourent. Elle a l'impression que pour un moment tout lui appartient.

Ce grand magasin est un vrai paradis. On entre. On flâne. On fouille. On touche. On achète ou on n'achète pas. On sait si on peut acheter en regardant le prix. Personne ne vous oblige à rien. Noémi avait raison : ici, on fait ce qu'on veut.

« J'ai rudement bien fait de venir ! se dit Claudine. Papa peut rester dans sa Croix-Rousse. C'est dépassé, ce qu'il tisse. Ses soies, elles ne se vendront plus. Ce n'est plus ce que les gens veulent. Moi, je vais créer des robes qui se vendront aux *Deux Passages*. Papa tisse des merveilles qui coûtent trop cher. Presque personne peut les acheter. Et plus ça ira, moins les gens pourront les acheter. Moi, je veux vivre dans le monde d'aujourd'hui. »

L'église de Saint-Nizier sonne cinq coups. Claudine a oublié l'heure. Elle s'affole : un après-midi entier sans travailler! Dans ce grand magasin, on devient prisonnier des objets : on est hors du temps!

Claudine court tout le long du chemin pour remonter à la Croix-Rousse.

– Alors, tu fiches le camp maintenant? dit M. Boichon. Je t'ai fait chercher par Laurent. Tu n'étais pas dans le quartier. Où étais-tu?
– Aux *Deux Passages*.
– Et qu'es-tu allée faire dans ce temple de la guenille?
– C'était bien! Et ce ne sont pas des guenilles!
– De la nouveauté, hein! Mademoiselle veut aller à l'école pour pouvoir fouiller dans les chiffons que les femmes se mettent sur le dos.

— D'accord, c'est moins beau que ta soie, mais ce ne sont pas des chiffons. Le monde change, Papa. Mets-toi ça dans la tête.
— Ici, ça ne change pas. Mets-toi ça dans la tête. Et si tu me voles encore des après-midi de travail pour aller farfouiller aux *Deux Passages*, je t'attache à ton métier. Compris?

Claudine saute sur sa banquette. Elle a faim, mais ce n'est pas le moment de grignoter du pain et des gratons.

Bistanclaque-pan, bistanclaque-pan. Claudine tisse et se tait, ravie d'avoir découvert quelque chose du monde hors de l'atelier, et plutôt satisfaite que son père ne se soit pas fâché davantage.

※
※※

Une nouvelle journée commence. Félicien Daguchon, le rondier, arrive dès huit heures. C'est le commis du fabricant, chargé de surveiller la bonne marche des métiers. Il arrive toujours en sifflotant, les mains dans les poches. Il sait que chez Boichon, les métiers sont bien entretenus, fonctionnent toujours, et que la visite est rapide.

Aujourd'hui, en entrant, il ne crie pas son habituel « Salut la compagnie! » mais annonce à M. Boichon :
– Montessuy m'envoie pour une embierne.
– Une embierne?
– C'est au sujet de votre métier à bras.
– Qu'est-ce qu'il a, mon métier à bras? On fait de la soie grège qui ne lui revient pas cher, à Montessuy.
– Justement, la soie grège, Montessuy veut la faire tisser à la campagne. Ça lui reviendra encore moins cher.

Claudine a envie de crier : « Moins cher qu'ici! Montessuy me paie déjà trois fois rien! Il va trouver qui? »

Félicien Daguchon ajoute :
– Il n'y aura plus de commande pour le métier à bras après celle que vous finissez. C'est comme ça.
– Mais je peux pas boucler, moi, avec deux métiers.
– Montessuy le sait. Il vous propose d'acheter un nouveau métier, un des

plus rapides, sur lequel vous tisserez de la haute nouveauté.
– Rapide? Nouveauté? Des guenilles!
– On ne fait pas de guenilles chez Montessuy. Vous tisserez des métrages courts dans de la soie de Chine. Montessuy veut que vous puissiez démonter et remonter le métier rapidement à mesure que la mode change. Vous savez bien comment c'est, à Paris : un jour elles veulent toutes des jupes violettes, le lendemain elles veulent des robes à fleurs roses. Le matin, elles veulent du velours sabré avec de la peau de phoque, et le soir de la mousseline bleue. Montessuy garde ses soies classiques pour votre métier et celui de Toni. Mais il lui faut du rapide. Des formes modernes dans des tissus bon marché. Oui. Les formes anciennes dans du très beau tissu, c'est fini, Boichon.

Claudine, attentive, écoute ce que dit Félicien. C'est exactement ce qu'elle a découvert lors de sa visite aux *Deux Passages*.
– Et si je dis oui, demande M. Boichon,

comment je vais le payer, le nouveau métier?
– Allez emprunter à la Caisse des prêts. Vous rembourserez petit à petit.
– Et moi, dit Claudine, j'apprendrai à travailler sur le nouveau métier.
– Toi, tu te tais, dit M. Boichon.

M. Boichon réfléchit : « Je n'ai guère le choix. Mais acheter un nouveau métier, c'est une décision énorme. Un emprunt à rembourser pendant cinq ans. Bon, si je l'achète, Claudine saura-t-elle s'en occuper? Prendre un nouveau compagnon? Cela me coûterait trop cher. Ce n'est pas le moment de sortir un salaire de plus lorsqu'on boucle tout juste avec Toni. Ne garder que deux métiers? Si je ne m'agrandis pas, je disparais. Mais, sacré diable, quelle fièvre les prend tous en ce moment? Des usines nouvelles. Des grands magasins. Des trains qui vont trop vite. Des modes qui changent tout le temps. Des filles qui veulent aller à l'école. Je suis fichu! Ils vont me rouler sur le corps sans que je m'en aperçoive. Qu'ils se débrouillent sans moi. Je ne suis pas fait pour ce monde-là. Ils me poussent de tous les côtés et je n'arrive plus à avancer.

En face de lui, Félicien boit le café préparé avec soin par Claudine. Il le boit à petites lapées de chat, attendant que M. Boichon prenne une décision.
La dernière goutte de café aspirée au fond de la tasse, Félicien demande :
– Alors?
– Alors... Alors... Repassez donc la semaine prochaine. Et ne me pressez pas! Allez dire à Montessuy qu'il doit me laisser respirer s'il ne veut pas que je crève.

Une fois Félicien parti, M. Boichon reste assis, immobile, la tête dans les mains. Claudine s'approche de lui :
– Papa, il faut aller à la Caisse des prêts. Tu le sais bien. Si tu t'enfermes ici, personne ne voudra plus de toi. C'est toi qui dois bouger. Autrement, le monde bougera sans toi.
– Tes idées, on n'en a pas besoin maintenant.
– Ecoute-moi, Papa. J'apprendrai à travailler sur le nouveau métier.

— Les femmes ne sont pas faites pour ça.
— Et pourquoi pas?
— Parce que ce sont des femmes.

Claudine, une fois de plus, avale sa rage : « Je ne vais pas passer toute ma vie comme ça. Je me suis guérie. On ne me fera pas crever. »

M. Boichon prend son patelot et sort. Cela lui paraît une honte d'emprunter de l'argent. Mais à la Caisse des prêts, dans le bureau, à sa surprise, on ne le regarde ni comme un voleur ni comme un mendiant. On lui demande des précisions sur ses finances. Il explique sa situation. Son atelier paraît bien géré : il obtient sans difficulté le prêt nécessaire à l'achat du nouveau métier. Tout étonné, il signe les papiers qu'on lui tend. Il vient de faire le pas, le grand saut, presque malgré lui.

Le vieux métier de Claudine est démonté.

Dans la rue, on regarde les pièces du vieux métier descendre une à une par la fenêtre. Quelque chose se passe chez Boichon. Tous les habitants sont là pour assister au déménagement.
– Ça se modernise, chez Boichon.
– Boichon, il va devenir comme son ami Nizier. Trois métiers mécaniques. A quand cinq?
– Et où les mettra-t-il?
– Il verra plus grand. Il déménagera à l'entresol.
– Boichon, il ne voit pas grand, il voit beau.
– Il devra voir grand, il n'aura pas le choix.
– Et qui va faire marcher son nouveau métier?
– Claudine?
– Une fille?
– Sûrement pas.
– Alors qui?
– Ça, c'est son affaire. Et les affaires des autres ne sont pas nos affaires.

Puis le nouveau métier arrive. Les gens se rassemblent à nouveau pour voir les pièces du nouveau métier monter une à une par la fenêtre. Installer un

métier au quatrième étage, ce n'est pas une mince affaire.
– Boichon, il ne dit rien.
– Qui l'a forcé à faire du moderne?
– Ce n'est pas son genre, la nouveauté.
– Boichon n'a pas le choix.
– Il a toujours eu le choix.
– Alors pourquoi il achète un nouveau métier?
– Mais ça, c'est son affaire. Et les affaires de Boichon ne sont pas nos affaires.

L'installation a duré une semaine sous la direction de Félicien Daguchon et de M. Boichon. Ce dernier n'a guère eu le temps de penser à l'énorme responsabilité qu'il a prise en signant son emprunt.

Toute excitée, Claudine, touche, caresse le nouveau métier. Son père est au café à payer une tournée de beaujolais à tous ceux venus l'aider. Et il boit. Trop. Il ne rentre que le soir, très tard. Inquiet, tourmenté par sa décision, il passe la nuit sur sa banquette devant cette machine qui prend, tout à coup, une place immense dans l'atelier.

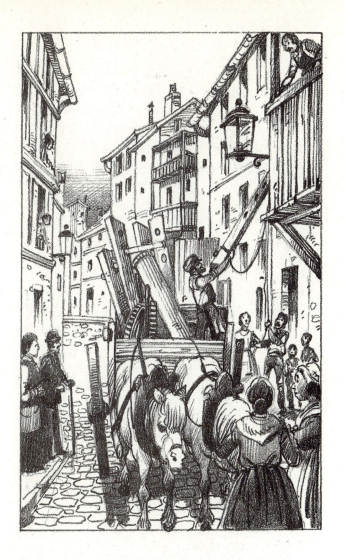

※
※※

Claudine dort. Et elle rêve.

Dans le magasin des *Deux Passages*, désert, immense, il y a au centre un énorme métier à tisser, deux fois grand comme celui que l'on a monté à l'atelier.

Claudine est assise, seule. Elle pousse la navette et tisse une soie à larges fleurs, bleue et or. Le bistanclaque-pan résonne.

Dehors, le nez collé contre la vitrine, des centaines de visages regardent : de petits visages joufflus aux lèvres rondes et roses, des visages jaunes et ridés de vieilles femmes, des faces d'ivrognes aux gros nez épatés, des petites filles accrochées à la main de leur bonne, des jeunes gens portant des chapeaux hauts de forme, des apprentis, la casquette sur l'oreille, des militaires aux grosses moustaches raides.

Claudine tisse.

Soudain, parmi la foule, elle reconnaît un visage : celui de son père. Il a l'air triste, las, pâle, vieilli. Claudine lui fait un signe de la main. Mais la paroi de verre les sépare. Elle frappe dessus à coups de poing.

De l'autre côté de la vitrine, son père presse sa joue. Claudine l'effleure de ses doigts. Elle se recule avec horreur : la joue de son père est froide comme celle d'un mort.

Alors, vite, elle regrimpe sur la banquette, et donne un coup de bistanclaque-pan. Et voilà qu'une robe apparaît, flottant à mi-hauteur dans le magasin. Claudine relance la navette. Une nouvelle robe apparaît. La navette va et vient à toute allure. Et le magasin se remplit de robes, de manteaux, de châles... Claudine travaille de plus en plus vite. L'immense magasin est maintenant plein de vêtements.

Claudine regarde par la vitrine. Plus personne. Elle cherche des yeux son père.

Il a disparu lui aussi.

Alors, prise d'une grande tristesse, elle murmure : « Cela... Tout cela... Fait... J'ai fait tout cela pour rien, pour rien. » Et elle se met à sangloter.

※※

Claudine se réveille, essuie les larmes qui coulent sur ses joues. Dans l'atelier, tout est calme.

Claudine aperçoit la silhouette de son père, endormi, les bras appuyés sur le rouleau du nouveau métier.

« Si je me levais, si j'allumais la lampe à pétrole ? Si je dessinais sur la table de la cuisine ? Comme ce serait bien de dessiner, la nuit, sans personne pour m'embêter... Tout l'atelier serait à moi. »

Une semaine déjà que le nouveau métier a été installé. M. Boichon attend la visite de Félicien Daguchon avec les ordres de Montessuy. La question de savoir qui va travailler dessus n'est pas encore résolue.
– M. Boichon en a discuté avec Nizier Véron au café de la place Groix-Paquet.
– Tu devrais apprendre à Claudine. Tu

ne l'envoies pas en classe. Autant qu'elle te serve.
– Nizier, ce n'est pas pour te commander, mais tu me laisses faire comme je veux chez moi.
– Ce n'est pas pour te commander, mais ta Claudine, je l'ai vue au travail. Et elle peut apprendre. La haute nouveauté, ce n'est pas très difficile. Donne-lui huit mois, elle saura se débrouiller. La soie, elle l'a dans le sang. Je t'enverrai mon Joanny deux heures par jour. Il lui apprendra. Il est sérieux, plutôt timide. Il n'embêtera pas ta fille. Bianchini-Ferrier m'a donné son rayon de nouveauté-fantaisie. Joanny me fait ça très bien.
– Nouveauté-fantaisie! Ce n'est même pas de la nouveauté, ça! C'est du torchon!
– Allons, mon vieux, c'est du bon marché, mais ce n'est pas du torchon. Il faut suivre la mode. Tu sais bien, le très, très beau, ça se vend mal. Les fabricants doivent suivre les collections qu'on présente à Paris. Et le torchon d'aujourd'hui, comme tu dis, ce sera le haut luxe de la génération suivante.
– Montessuy fera jamais de la nou-

veauté-fantaisie, et Boichon non plus.
– S'il s'y met pas, Montessuy, il crèvera, et Boichon avec.

M. Boichon boit un autre verre de beaujolais.
– Il faut que je te dise quelque chose, Nizier. J'en ai assez de tout. J'aimerai revenir quinze ans en arrière. On me fichait la paix. Ma femme était jeune. Je n'avais pas les soucis des gones. Je faisais mon boulot. Tu te souviens bien! C'était beau, ce que je tissais. On ne venait pas m'embêter avec la mode et les nouveautés. J'étais mon maître. J'allais planplan et sûrement. Maintenant, je n'ai même plus confiance dans ce que je fais. C'est pas une vie, ça.
– Allons, allons, dit Nizier, en posant la main sur l'épaule de M. Boichon. T'en avais déjà des soucis, à l'époque. Tu ne t'en souviens plus. Tu as dû les faire disparaître petit à petit dans les eaux du Rhône. Et puis Claudine...
– Fiche-moi la paix avec Claudine. Je peux plus la supporter. Depuis qu'elle est revenue de Toulaud, elle a la tête à l'envers. Et ce n'est pas sa maladie. Elle

est guérie. Je ne sais pas comment. Mais sa toux, finie. Pourtant elle est encore plus malade qu'avant. Elle obéit, d'accord. Mais le tissage, ça lui plaît plus. Elle pense à autre chose. Elle a la tête ailleurs.
– Elle grandit.
– Peut-être. Mais je suis le patron. Et ça, il ne faut pas qu'elle l'oublie. Et puis je devrais pas bringuer*, ça ne me vaut rien, dit-il en finissant son verre. J'ai acheté un nouveau métier, d'accord, mais j'ai l'impression que je me laisse dépasser quand même. Toi, tu suis, Nizier.
– Je suis, si ça ne va pas trop vite, dit Nizier Véron en choquant son verre contre celui de M. Boichon.

Boichon attend les commandes pour mettre en route le nouveau métier. Il va chez Montessuy porter les deux pièces de soie qu'ils viennent de finir, Toni et lui.

* Bringuer : boire.

— Alors, elles viennent, ces commandes de Paris ?

Mais Montessuy n'a toujours rien reçu. Il se fait du souci. Les soies classiques se vendent de plus en plus mal.

Pour M. Boichon c'est une catastrophe. Dès le mois prochain, il doit commencer à rembourser son emprunt. Et il n'a pas d'argent d'avance.

Mardi. Mercredi. Jeudi. Vendredi. Samedi.

Une semaine d'attente. Puis une autre.

On compte maintenant chaque dépense dans la famille. Mme Boichon ne fait plus acheter de viande et la note chez Mme Canezou se fait plus lourde. Claudine n'ose plus discuter avec Noémi, toujours aussi curieuse. Elle achète des lentilles, des choux, et demande discrètement à Mme Canezou si elle a des légumes avariés qu'elle pourrait lui donner.
— Ça va, chez vous ?
— Bien. Oui. Excusez-moi. Je suis pressée.

Claudine essaie de comprendre toute seule comment fonctionne le nouveau métier. Elle veut pouvoir l'utiliser dès l'arrivée des commandes.

Et elle profite de son temps libre pour lire et dessiner. Installée dans un coin de la cuisine d'où son père ne peut pas la voir.

Elle fait une nouvelle visite au magasin des *Deux Passages*. « C'est bien ça, se dit-elle. Tout s'enchaîne. Des gens créent la mode à Paris. Les femmes la voient dans des catalogues. Les fabricants ont des commandes. Ils les passent aux canuts. Si Papa n'entre pas dans le circuit, ça va être terrible pour nous tous. Et moi, dans tout ça, qu'est-ce que je vais devenir? »

Mardi. On frappe à la porte, tôt le matin.

M. Boichon se lève, impatient. Peut-être est-ce Félicien qui lui apporte de bonnes nouvelles?

Mais, au lieu du rondier, c'est un officier de police qui entre :
– Monsieur Boichon?
– C'est moi.

— Je viens vérifier les déclarations que vous avez envoyées à l'Académie du Rhône concernant votre fille. Voyons voir. Claudine? C'est bien ça. Vous ne l'avez pas mise en classe, et vous avez déclaré qu'elle apprenait ici. Or, j'ai fait une enquête dans le quartier. On m'a dit que vous la faisiez travailler jusqu'à douze heures par jour.
— Elle ne travaille pas en ce moment.
— Des lois ont été votées. L'école est obligatoire. Est-ce que quelqu'un lui fait la classe, ici?
— Ici, je suis chez moi. Et chez moi, je fais ce que je veux. Fichez-moi le camp!
— Savez-vous à qui vous parlez, monsieur Boichon?
— A la police. Et la police, elle m'embierne.
— Il y a des lois, Boichon. Et quand on casse les lois, ça se termine en prison.

Claudine garde le nez dans son livre. Elle pourrait dire : « C'est vrai, je travaillais douze heures par jour il y a encore un mois. Personne ne m'a jamais fait la classe, ici. Ce que j'apprends, je l'apprends toute seule. Mon père se fiche des lois comme il se fiche de moi. » Oui, mais ce serait accuser son père. Alors, Claudine se tait.

Toni continue à travailler. Lorsque l'officier l'interroge, il fait celui qui ne comprend pas.
- Puisque personne ne veut parler ici, dit l'officier, Boichon je vous convoque au tribunal. Vous expliquerez toute votre histoire là-bas.
- Le tribunal, je n'irai pas.
- Vous ne voudriez pas que je vienne vous chercher ici et que je vous emmène les menottes aux mains ?

Claudine s'approche de son père :
- Papa, pense à nous ! Tu vas te faire arrêter comme un pillandre* ! Dans le quartier, Papa, dans notre quartier à tous... des menottes... Papa.
- Bon, je vous laisse le papier pour la convocation, dit l'officier. Réfléchissez, Boichon. Et réfléchissez juste.

M. Boichon est allé au tribunal. Toni a

* Pillandre : voleur.

été convoqué aussi comme témoin. Cette fois-ci, il n'y a plus la possibilité de se taire ou de mentir. Le juge interroge :
– Alors, monsieur Boichon, que se passe-t-il chez vous ?
– On travaille, chez les canuts ! J'espère que c'est écrit dans votre dossier. Et on n'en est pas à une heure de plus ou de moins.
– Il y a des lois, monsieur Boichon. Elles sont pour tous. Suivez-les.
– Vous me faites perdre une journée avec vos bêtises. Je ne la maltraite pas, ma fille. Je l'ai envoyée se reposer lorsqu'elle était malade. Votre loi sur l'école, je m'en moque, et de ses représentants encore plus.
– Vraiment ?
– Je m'en vais, je vous dis ! Fichez-moi la paix.
– Vous offensez la Justice, monsieur Boichon.
– Et vous, vous embêtez les gens, monsieur le Juge.
– Eh bien, je vais devoir appliquer la loi, monsieur Boichon. Et tout de suite. Premièrement pour insulte à un magistrat, et deuxièmement pour refus d'envoyer

votre fille à l'école, je vous condamne à une amende et à trois jours de prison. Vous pourrez y méditer tranquillement sur le sens des lois et le respect dû à ses représentants.

Soudain, M. Boichon réalise la situation : en prison, comme un bandit ? Lui, un chef d'atelier, canut à la Croix-Rousse, père de famille, arrêté comme un malfaiteur ? La honte et le découragement l'envahissent. Il préfère se rendre immédiatement à la prison pour y faire ses trois jours.

※
※※

Lorsque Toni apprend la nouvelle à Mme Boichon, celle-ci est effondrée. Claudine tente de la réconforter. Elle sent qu'elle a sa part de responsabilité dans la famille. Claudine suggère à sa mère d'aller au mont-de-piété. Elles ont peu de choses à apporter : une petite médaille, une couverture, trois casseroles, et la robe bleue.

A la nuit, honteuses, elles partent toutes les deux. Et on leur prête un peu d'argent.

Il leur faut davantage d'argent. A qui demander? Aux parents de Noémi? Tout le quartier n'a pas besoin de connaître leur drame. A Nizier Véron? Lui non plus n'a pas d'argent d'avance.

– Et si on allait chez Montessuy? dit Claudine.
– Montessuy? Montessuy lui-même?
– Mais oui. Pourquoi pas? Après tout, on travaille pour lui. Si on est dans un trou noir, il peut bien nous aider à en sortir.
– Si on crève, il trouvera quelqu'un d'autre. Ce ne sont pas les canuts qui manquent à la Croix-Rousse.
– Des canuts comme Papa, il n'y en a pas tellement.
– Ton père... en prison... je ne vais jamais oser aller à l'usine.
– Oh, si! Tu vas oser! Ce que les autres pensent, on s'en fiche. Ce qu'il faut, c'est qu'on s'en tire. Et vite. On vient d'acheter un nouveau métier. Et il va marcher. Et l'atelier ne va pas fermer. Bigre de bois! Ça va marcher. S'il le faut, j'irai en usine, mais Papa continuera à tisser sa soie. Et de la belle.

– Et ton école? Et tes dessins?
– Je n'oublie rien. Tout arrivera comme je veux... Un jour...

Le lendemain, en soirée, Claudine et sa mère vont rue Saint-Joseph chez M. Montessuy. Ni l'une ni l'autre ne l'ont jamais vu. Même M. Boichon ne le connaît presque pas.

Elles sont très intimidées en entrant dans la cour. La concierge les dévisage :
– C'est l'escalier de service que vous voulez? Vous avez à livrer quelque chose?
– Non, ce n'est pas pour une livraison, dit Claudine. On veut voir M. Montessuy.

La concierge les regarde de nouveau et leur indique le grand escalier de pierre qui mène à une lourde porte. Claudine sonne.

Une bonne vient leur ouvrir. Claudine pénètre dans l'entrée d'un pas décidé. Elle regarde autour d'elle : un dallage en marbre noir et blanc, un tapis épais, un

chandelier de bronze doré garni de bougies, des tableaux, de la tapisserie en soie, un large escalier qui monte à l'étage.
– On vient voir M. Montessuy, dit Claudine.
– Etes-vous attendues?
– Non. Mais dites-lui que Claudine Boichon et sa mère sont là.
– Il saura?
– Il saura.

La bonne les fait entrer dans un salon. Claudine n'ose pas s'asseoir. Elle regarde autour d'elle. Les fauteuils en bois doré recouverts de soie rose à rayures bleues lui rappellent quelque chose. Oui, c'est cela. Un vieux rêve... La même soie. Deux gros bouquets de fleurs dans le même ton, des sculptures sur des tables en marqueterie, des vases chinois. Une pendule en bronze posée sur une cheminée de marbre veiné. Une immense tapisserie sur le mur. Et là, dans leurs cadres de bois, toute une rangée de gens qui la regardent d'une mine tristement solennelle.

Mme Boichon, plus intimidée que sa fille, fixe une fleur mauve dans un tapis persan.

Claudine lève la tête vers les portraits et leur dit tout bas : « Il va bien nous aider, n'est-ce pas ? »

Toutes deux attendent.

La pendule de bronze marque les secondes en gouttes de métal. D'une pièce voisine, arrive le chant d'un oiseau en cage. Pas d'autres bruits dans la maison.

Enfin la bonne revient :
- Monsieur ne peut pas vous recevoir.
- Mais il est là, n'est-ce pas ? demande Claudine.
- Il ne peut pas vous recevoir. Il est occupé.
- Est-ce qu'il pourrait nous recevoir demain ?
- Je crois que ce n'est pas la peine de revenir.
- Alors, allez lui demander s'il pourrait prêter de l'argent à la famille Boichon. Mon père est canut et travaille pour lui.

– Il ne peut pas vous recevoir, vous dis-je!
– Allez quand même lui faire notre commission.

D'un pas rageur, la bonne repart.
– Perds pas courage, dit Claudine à sa mère. Il va nous parler.
– Les fabricants, tu ne les connais pas. Les ateliers qui flanchent, ils s'en moquent bien.

La bonne revient d'un petit pas pressé :
– Monsieur vous fait dire que le Bureau de bienfaisance vous prêtera de l'argent. Et maintenant, partez, voulez-vous? Je ne peux rien pour vous.
– Dites à M. Montessuy de la part de Claudine Boichon que mon père travaille pour lui depuis trente-cinq ans, moi, depuis six ans. Et dites-lui aussi que dès que je le pourrai, je me passerai de la maison Montessuy.

Claudine prend sa mère par la main et quitte la maison.
– Alors, vous l'avez vu, M. Montessuy? demande la concierge.

– On a vu de lui tout ce qu'on voulait voir, répond Claudine.
– Il est pourtant bien aimable et bien gentil.
– Je n'en doute pas!

Claudine et sa mère sont vraiment découragées.
– Au Bureau de bienfaisance, dit Mme Boichon, ils prêtent juste un peu d'argent. Il ne nous reste plus que le Dépôt de mendicité. On descend de plus en plus bas.
– Jamais! On n'en est pas encore là. Tu sais bien comment ça se passe quand on est forcé d'aller au Dépôt. On est comme des prisonniers à vie. On travaillera et on n'aura plus jamais un sou à nous. Le remboursement de l'emprunt peut attendre...
– Et si Montessuy n'a pas de commandes, on n'en aura pas non plus. Lui, il a des réserves. Tu as bien vu comment c'est, sa maison. Il n'est pas prêt de crever. Il s'en fiche de nous. Il ne s'est même pas donné la peine de venir nous parler.
– Oui, mais lorsque les commandes arri-

veront, il aura besoin de Papa, tout de suite. Et de Toni, tout de suite aussi. Chez Montessuy, on nous connaît. On peut faire très vite, très beau, très bien. Lorsque Papa sortira de prison, tout ira mieux. Ça ira, ça ira, Maman, ça ira.
– Tu n'as pas eu honte chez Montessuy? Je ne vais jamais oser dire que j'ai mendié.
– Ah! non. Pas mendié! s'écrie Claudine avec force. On est allé demander de l'aide. Et ce bon chrétien de Montessuy, il nous l'a refusée. On n'en a pas besoin, de son aide. On va se débrouiller sans lui.

Claudine va chez Mme Canezou demander deux œufs, et lui dit de les ajouter sur la liste :
– Elle s'allonge, la liste! Ta mère le sait, j'espère.
– On le sait tous. Dans quinze jours, je viens vous verser un acompte. Papa va être payé. Il a du travail plus qu'il ne peut en faire.
– J'ai cru que Montessuy, ça ne marchait pas tellement fort en ce moment, dit Mme Canezou avec un gentil sourire.

— Vous savez comment c'est. Un jour plus, un jour moins. Ce qui marche chez Montessuy, ça passe chez nous.
— Alors pourquoi vous faites rallonger la liste?
— Il y a le nouveau métier. Un nouvel apprenti pour bientôt. Moi, je vais aller en classe. Maman va avoir de l'augmentation à l'usine. C'est tout vigoret* chez Boichon. Le quartier peut le savoir. Au revoir, madame, et merci pour les œufs.

Claudine part en sautillant gaiement.

Sur le pas de sa porte, Mme Canezou la regarde : « Tiens, oui, ça a l'air vigoret chez Boichon. Ce n'est pas souvent qu'on voit la Claudine frisquette comme ça. »

Claudine se sent plus forte que jamais. En dépit des soucis et de la fatigue, aucun signe de maladie. Sa mère compte sur elle. Si on peut tenir encore quelques jours, tout n'est pas perdu.

Claudine a fait des bugnes pour tout le monde. Laurent sait que leur père est en

* Vigoret : en bonne santé.

prison. Claudine a tenu à le lui dire. Mais il ne comprend pas très bien la honte d'être emprisonné, ni les soucis financiers.

Claudine a dit à Jean-Pierre : « Régale-toi. Papa sera là demain. » Jean-Pierre n'a rien demandé.

La maison est tranquille. Toni a pris Jean-Pierre sur ses genoux et joue à « Pigeon vole » avec lui.

Les bugnes sont délicieuses.

« Après tout, ce n'est pas si triste que Papa soit en prison », pense Laurent. Et il se lèche les lèvres où le sucre a collé avec l'huile de la friture, mélange délicieux.

Chapitre 5

La porte de la prison Saint-Paul s'ouvre. M. Boichon en sort, hésitant. Il est sale. Il a froid. Il n'est pas rasé. Et il a honte. Il avance lentement. Dans l'atelier, il va retrouver tous ses soucis.

La rue du Mail est déserte : les gens sont en train de dîner. Un rideau se tire à l'entresol. M. Boichon fait un rapide signe de tête. Il monte les escaliers de chez lui. Comment va-t-il être accueilli ?

Mme Boichon est passé au Bureau de bienfaisance, sans le dire à Claudine. Elle a reçu un peu d'argent. Elle a préparé un bon repas : de la soupe à l'oignon, des pieds de porc, une salade avec des gratons, et a acheté une bouteille de beaujolais.

M. Boichon entre. Mme Boichon attend que son mari parle le premier. Claudine voudrait embrasser son père, mais n'ose pas.

C'est Toni qui rompt le silence :
– Ça y est, j'ai rendu le velours, ce matin. Le commis était très satisfait. Pas une impanissure*. Et vous, ça va?

M. Boichon s'installe à table. Le voici chez lui. L'atelier, c'est à lui.
– Y'a des commandes pour le nouveau métier?
– Elles vont venir...
– Et qui est-ce qui paye pour ce repas? demande M. Boichon à sa femme.
– C'est moi qui ai assaisonné la salade, dit Claudine. Elle est bien bonne.
– On n'a pas encore répondu à ma question. Qui paye?
– Reprends donc des gratons. Et mon beaujolais? Il est bon?

---

* Impanissure : ternissure.

– Alors, rien de chez Montessuy?
– Ça arrive, dit Toni.
Laurent scrute son père. « Est-ce qu'il a changé? » Jean-Pierre lui frotte la joue pour sentir sa barbe. On se pose des questions auxquelles personne ne répond.

Le repas se termine sans dispute. Aucun des vrais problèmes de la famille n'est abordé. Ce n'est pas le moment de parler de la prison, de l'école ou de l'emprunt.

Plusieurs jours passent et les commandes ne viennent toujours pas.

Claudine a obtenu un nouveau livre de Noémi, en échange de quelques renseignements : elle lui a fait savoir que son père allait sans doute l'envoyer à l'école.
– Ton père, on le trouve changé, dit Noémi. Il ne lui est rien arrivé?
– Les gens ne restent pas toujours les mêmes. On n'est pas obligé d'être collé à ses idées comme une mouche sur du miel.
– A propos de miel, en veux-tu une cuillerée? J'ai ouvert un pot. Maman m'a dit que je pouvais le finir.

— D'accord pour une cuillerée, mais pas plus. Et encore merci pour le livre.

Enfin, un matin, Félicien Daguchon arrive. Il est tout gai. Il sifflote, les mains dans les poches.
— Salut la compagnie! Ça va?
— Non, crie M. Boichon sans se retourner. Ça ne va pas! Ça fait des semaines qu'on attend tous. Toni. Claudine. Moi. Et aussi Joanny. Vous apportez des commandes?
— Oh, que oui! Plus que vous ne pourrez en faire. J'ai des commandes pour au moins quatre mois. Vous pouvez vous mettre à tisser tout de suite. Et Montessuy vous fait l'avance de vos deux premiers remboursements. C'est des bonnes nouvelles, ça, non?
— Et moi? demande Claudine.
— Toi tu travailleras avec Joanny. Et en attendant, tu te tais.
— Et l'école?
— On en reparlera. Alors Félicien, je vous offre un café? Un beaujolais?
— A cette heure-ci, un café fera l'affaire.

※
※※

Claudine sait maintenant quelle direction prendre...

Elle se lave avec soin, repasse sa blouse, fait une torsade avec des brins de soie rouge et la noue dans ses tresses. Elle prend son papier et ses aquarelles, passe affectueusement son doigt sur la boîte et pose ses lèvres sur une feuille : « A nous deux maintenant! »
— Et où vas-tu ? demande son père. Tu ne vas pas courir les rues, hein ?
— Il s'agit pas de ça.
— Et alors, de quoi s'agit-il ?
— Il s'agit de montrer que ça marche chez Boichon. Claudine y compris.

Et sans donner de détails, elle sort.

Elle se faufile entre les gamins qui jouent dans le ruisseau, les charrettes des livreurs qui encombrent la rue. Elle évite le magasin de Noémi.

Un sentiment de liberté lui rend la tête légère. Elle descend jusqu'à la place Bellecour. De là, elle aperçoit la rue Saint-Joseph.

Claudine s'assoit sur un des bancs de la place et se met à dessiner tout en marmottant : « Madame Montessuy, êtes-vous une de ces vieilles Lyonnaises qui ont peur d'aller aux *Deux Passages* voir la mode de Paris ? Est-ce que vous vous ficelez dans de la soie noire, été comme hiver ? Je vais vous faire un cadeau. Je vous dessine une robe, une belle robe de soie blanche avec des fleurs rouges. Je vous mets autour de la taille une jolie ceinture en foulard. Je vous installe sur la tête un chapeau de paille assorti à votre robe. Et dans la main, je vous place une ombrelle pour protéger votre peau des rayons du soleil. Et je vous donne aussi une plume blanche. Mais comme je n'ai pas plus envie de voir votre tête que celle de votre mari, je vous mets sur le nez une voilette avec de minuscules pois blancs. Voilà. C'est moi qui vous dirige puisque je vous habille. Et votre toilette est signée : Claudine Boichon. »

Claudine roule son dessin et se rend rue Saint-Joseph. La concierge la reconnaît :
– Vous venez voir M. Montessuy ? Il est parti à son bureau, ce matin.

– Je viens apporter ceci pour Mme Montessuy. Remettez-le-lui de la part de Claudine Boichon.

Claudine ne sait pas très bien ce qui l'a poussée à faire ça. La satisfaction de se rendre chez les Montessuy sans avoir rien à demander? L'assurance de pouvoir dessiner comme elle veut? Une bravade pour montrer ce dont elle est capable? Le plaisir de sentir qu'elle a du culot? Sans doute un peu tout cela.

Claudine remonte vers la Croix-Rousse et arrive devant l'école de la montée de la Grand'Côte. Les enfants sont en classe. La cour est silencieuse. Claudine tire la clochette.
Le gardien, un monsieur tout rond et pas plus grand que Claudine, au crâne bosselé, chauve et rouge, lui ouvre la porte.
– Est-ce que je peux voir le directeur de l'école?
– C'est à quel sujet?
– Je veux venir à l'école ici, demain.
– Comme ça! Tout d'un coup!
– Exactement. Comme ça.

Surpris par l'aplomb de Claudine, le gardien n'en demande pas plus et la fait entrer dans le bureau du directeur.

Claudine pense : « Et cette fois, je ne demande pas d'argent. Je ne demande rien. L'école, j'y ai droit. »

Claudine se tient bien droite. Elle fait une révérence. Le directeur regarde Claudine. Ce bout de fille n'a pas l'air intimidé. Elle ne fixe pas le sol. Elle ne tortille pas ses doigts. Avec calme et assurance elle pose sur lui ses yeux noirs luisants, et dit :
– Monsieur, je veux venir dans votre école demain matin. Dites-moi ce que je dois faire.
– Et vos parents ? Ce sont eux qui devraient être ici.
– Ma mère travaille à l'usine. Et mon père m'envoie. Il est très occupé et ne peut pas venir lui-même. S'il y a des papiers à signer, voulez-vous me les remettre. Il les signera.
– Etes-vous déjà allée à l'école, mademoiselle ?

Claudine est très satisfaite de s'entendre appeler mademoiselle.

– Non, mais je sais lire et compter. Et je sais où se trouvent la Chine et le Japon. Je connais les noms des vers à soie et celui des fleurs de l'Ardèche. J'ai une bonne idée de l'histoire de France. J'ai lu les *Contes des mille et une nuits*. Et je connais les prix de la soie à Londres et à Milan.

Le directeur de l'école enlève ses lunettes et fronce les sourcils : « Qu'est-ce que c'est que cette fille-là ? »
– Et où habitez-vous, mademoiselle ?
– Rue du Mail. Mon père est canut. Et je travaille depuis que j'ai six ans. Mais maintenant j'ai décidé que je devais aller à l'école.
– Vos parents sont bien d'accord, n'est-ce pas ?
– Ils ont lu le journal du 29 mars 1882. Et moi aussi.
– Eh bien, dites à votre père de signer ce papier. Je vous inscris dans mon école. Mademoiselle Camuset vous prendra dans sa classe.
– Je vous remercie, monsieur. Je crois que vous ne regretterez pas de m'avoir comme élève.

Claudine quitte le bureau, très satisfaite. Ce n'est pas difficile de dire clairement ce que l'on veut.

Et elle retourne aux *Deux Passages*. La première impression est partie. Elle a compris pourquoi les gens aiment venir flâner ici.

Aujourd'hui, elle ne vient pas chercher des rêves, mais des idées. Elle observe les gens. « Il faut des robes qui aillent sur n'importe quel corps. Les femmes qui viennent ici ne sont pas toutes belles, loin de là. Et pourtant, elles veulent s'habiller comme il faut et pour pas trop cher. Ces robes-là sont trop moulantes autour des hanches. Ici, il faudrait des décorations autour du poignet. Trois étages de robe, c'est trop. Ce petit chapeau au-dessus d'un gros chignon. Très bien. Là, des papillons et des fleurs. Pourquoi pas des lézards? »

Claudine note en pensée ce qui lui plaît, les idées qui lui viennent, ce qu'il faut éviter, les harmonies de couleur souhaitables.

Et elle se regarde dans une glace : « Et moi, dans tout ça? J'ai l'air d'une che-

nille. Ce que je peux être maigre! Et quand est-ce que je vais avoir autre chose à me mettre sur le dos que ces blouses? C'est bizarre : j'ai envie d'habiller les femmes, de les rendre plus jolies, et pourtant je suis si laide. Peut-être que ça changera. Je n'aurai peut-être pas l'air d'une bestiole toute ma vie. »

Claudine se fait un sourire pour se réconcillier avec son visage pâlichon et pointu. Et elle abandonne le magasin pour rentrer chez elle. Il faut qu'elle

affronte son père. Il va être forcé d'accepter. S'il fait des histoires, elle lui rappellera la prison.

Dans l'escalier le bistanclaque-pan résonne. Claudine se demande s'il ne serait pas plus prudent d'attendre le retour de sa mère. « J'ai eu du culot pour aller chez Montessuy. Du culot pour aller voir le directeur de l'école. Je vais avoir du culot pour parler à Papa. Après tout, qu'est-ce que je risque? Deux gifles? Lui, il n'a plus le choix. »

Aussi elle va directement vers la banquette de son père :
— Demain, je vais à l'école pour la première fois.

M. Boichon continue à lancer la navette comme si Claudine n'était pas là.
— Tu m'entends, Papa? Demain, je vais à l'école. Demain matin à sept heures. C'est Joanny ou un autre qui travaillera ici, pas moi.

Toujours pas de réponse.

Claudine va dans la cuisine et commence à préparer le repas du soir. Laurent est dans la rue avec Jean-Pierre. Claudine est seule. Elle attend l'attaque. Elle fait du bruit, toussote. Le silence devient pesant. Toni, prudent, se tait aussi.

Mais le soir, à table, la fureur de M. Boichon éclate. Il commence par attraper Laurent :

– T'as marpaillé* les genoux de ton pantalon! Tu crois qu'on peut te racheter des vêtements tous les jours et les saints dimanches!

Il lui donne une gifle. Laurent pleure bruyamment. Son père le gifle à nouveau pour le faire taire.

Puis il reproche à sa femme de donner trop d'argent à Claudine pour faire les courses. Enfin, il s'en prend à Toni :
– Montessuy va nous enlever le travail si tu lambinoches comme ça! Je te paye pas pour réchauffer ma banquette.

Claudine attend son tour. L'engueulade ne vient pas. Son père l'ignore complètement. Il ne lui fait même pas signe d'apporter du pain. Il se lève pour aller le chercher lui-même.

Claudine rage en silence : « Papa ne s'est même pas rendu compte que, pendant son séjour en prison, c'est moi qui aidais Maman. Si je n'avais pas été là, elle se serait peut-être bien jetée dans le Rhône. Je ne veux plus avoir affaire avec lui. Et pourtant, il faut bien que je

* Marpailler : abîmer.

mange et que je dorme quelque part. »

Mme Boichon reste silencieuse. Habituée à la mauvaise humeur de son mari, elle laisse passer l'orage.

Claudine en veut à sa mère de sa faiblesse : « Pourquoi Maman laisse-t-elle toujours Papa s'acharner sur elle sans rien dire ? Elle ne serait pas plus malheureuse si elle vivait seule. Comme moi, elle doit avoir peur de ne pas avoir d'endroit pour dormir. Et puis elle nous a, nous, les trois enfants. »

Et tout d'un coup le calme ménage d'Oncle Pierre et de Tante Yvette apparaît. Claudine se met à sourire comme si elle les voyait devant elle. L'atelier s'estompe. Elle se retrouve à Toulaud : Carlo lui montre ses dessins, Oncle Pierre tourne les pages d'un dictionnaire; le docteur Grandville lui fait un clin d'œil : « Tu t'es guérie. Tu as en toi une force extraordinaire. » Et Tante Yvette lui murmure : « Va respirer dehors, Claudine. Il fait beau. »

Claudine n'entend plus les criailleries de son père : « Finis ta croûte de pain! Tu crois que le pain, ça ne coûte rien! Et à l'usine tu fais des ragots sur ton ménage, hein? Laurent, c'est un bon à rien. Je lui ai demandé de trier des canettes. Il a tout mélangé. On dirait qu'il a jamais vu une canette de sa vie, ce gone. Ça fait un bon exemple pour Jean-Pierre. »

Claudine est loin de là, elle est dans l'alcôve, à Toulaud, un oreiller sous la tête. Frais. Doux. Calme.

Enfin M. Boichon éclate contre Claudine.
– Et toi, à quoi tu souris, avec ta tête de niguedouille?

Claudine le regarde et ne dit rien.
– Tu ne veux plus travailler ici? L'école? C'est ça que tu veux? Rester à rêvasser, un livre sur les genoux, comme tu le fais depuis qu'on a démonté le vieux métier. Prétendre qu'il n'y a rien à faire ici. Courir dans les rues pour te donner des airs de demoiselle. Mépriser les canuts et ceux qui travaillent. Même pas t'occuper de tes frères – Mlle Claudine s'occupe d'elle. Avoir la bonne vie sans embierne. Et qui va te la payer, ta bonne vie? Mais, tu n'as pas fini de me regarder avec ta tête de gnoque! Et tu méprises ta

mère aussi. Parce qu'elle n'est pas allée à l'école, hein? Pas d'usine pour Mlle Claudine. Mais tu ne comprends donc pas que tu es une femme? Tu n'as pas le choix!

M. Boichon est de plus en plus excité. Ses oreilles sont rouges, ses joues marbrées. Ses lèvres tremblent.

Silencieuse, Claudine baisse la tête. Son père, exaspéré, lui envoie une gifle si violente que Laurent rentre la tête dans les épaules. Tous se taisent.

Claudine quitte la table et se jette sur son matelas.
– C'est ça! Va dormir! Ça te calmera!

Claudine met son oreiller sur sa tête. Elle se répète, pour ne pas exploser: « Demain je serai à l'école. Demain, je ne serai pas ici. Il n'a plus le choix. Moi, je n'ai pas tort. C'est lui qui a tort. Et il le sait. » De longues minutes passent. Elle s'endort.

Claudine rêve.

Elle est assise sous un arbre, dans la cour de l'école. Un soleil blanc l'éblouit et lance des éclats sur les murs. Elle est très pâle. Elle porte une robe en mousseline de soie blanche, un immense chapeau de paille orné de chèvrefeuille.

Carlo se tient debout à côté d'elle, la tête enfoncée dans un chapeau haut-de-forme trop grand pour lui. Une veste à carreaux lui descend sur les genoux et un pantalon trop large tombe en accordéon sur ses pieds.

« Vous ne grandirez jamais », dit Claudine.

Carlo enlève son chapeau : « Excusez-moi, mademoiselle. »

D'une salle de classe part un rire de clochette. Carlo se penche vers Claudine et lui met la main sur les yeux, tendrement.

Le soleil brillant lance des éclairs sur les vitres. « Vois le soleil... ne devrais pas... puisque je suis aveuglée par cette main. »

Claudine lève la tête. Noémi se penche à la fenêtre. Carlo a disparu.

« Tu es toute seule ? demande Noémi.
– Avec moi... Personne ne peut... me débrouiller... seule... c'est moi qui. »

Et Claudine se met à dessiner.

L'éclairage très fort fait disparaître les traits sur sa feuille de papier. Elle trace et retrace des contours qui s'effacent. Rien ne reste. Elle ouvre une bouteille d'encre et la renverse sur le papier. Mais de nouveau le soleil lance des éclairs blancs. Et la tache disparaît. Claudine se frotte les yeux. Les ferme. Les ouvre. Et soudain, au rythme de ses paupières, des centaines de dessins couvrent le sol de la cour de l'école : des blouses, des éventails, des modèles de tissu, des bottines, des rubans.

– C'est moi qui. C'est moi.
– Ce n'est pas vrai, dit Noémi.

Claudine se fâche :
– Mais si! C'est moi!
– Pas vrai.
– C'est moi qui.
– Pas vrai.

Claudine se tourne sur son matelas et se réveille.

La scène de la dispute avec son père lui revient. L'esprit clair, elle se dit : « C'est moi qui vais à l'école. Et c'est moi qui ferai tous ces dessins. »

※

Mercredi. Claudine se prépare. Elle se coiffe soigneusement, met un reste de soupe dans une marmite pour son repas de midi. Puis elle glisse dans sa poche un petit échantillon de soie. Ce sera le lien entre sa vie de canuse et sa nouvelle vie d'écolière.

Elle murmure un vague au revoir à son père qui ne répond rien.

Elle embrasse Jean-Pierre et Laurent.
– Un jour, tu seras content que je sois ta sœur, dit-elle à Laurent.
– Est-ce que tu as encore mal à la joue?
– Tu as de la chance d'être toi. Les filles, pour réussir ce qu'elles veulent, il faut qu'elles soient très courageuses.

Dans la cour de l'école, les enfants attendent la cloche. Claudine demande à l'un d'eux où se trouve la classe de Mlle Camuset, et où elle doit mettre sa marmite de soupe.
– Tu es trop grande pour aller chez Mlle Camuset. C'est la classe des petits.

161

Et ta marmite, il faut la laisser chez le gardien. Il les fait réchauffer à midi.

Les élèves de Mlle Camuset sont en effet plus jeunes que Claudine.
Mais pour l'instant, elle se met à la queue du rang.

Mlle Camuset est une grosse dame avec un triple menton, et un minuscule nez rond perdu entre deux joues. Elle a un costume à larges carreaux noirs et marrons, trop serré, et un chapeau avec un énorme ruban qui retombe de chaque côté de ses oreilles. « Très laid », pense Claudine. Mais Mlle Camuset a une bonne tête sympathique. Tout de suite, elle s'approche de Claudine :
– Vous êtes la nouvelle élève ?
– Oui, mademoiselle. C'est Monsieur le Directeur qui m'a dit de venir dans votre classe.
– A midi, attendez-moi. Je veux voir ce que vous savez. Vous seriez peut-être mieux dans une autre classe.

Claudine n'a aucune peine à lire l'histoire. Elle fait une copie d'une écriture lente et maladroite, mais sans faute. Et elle trouve très drôles les problèmes qui ne sont pas plus compliqués que les calculs pour faire les courses : une marchande achète trois poules et quatre canards. Les poules coûtent deux francs, et les canards six francs. Combien a-t-elle dépensé ? Et Mlle Camuset dit que Claudine serait mieux dans la classe des grands.

Donc, l'après-midi, changement de classe. Claudine se sent plus à son aise parmi les enfants de son âge, dans la classe de M. Ernest Ballandron. Ils observent la nouvelle en coin. Elle a une blouse grise, c'est donc qu'elle n'est pas riche. Elle a des cheveux bien coiffés, c'est donc qu'elle va garder son bureau bien rangé. Elle lève la main plusieurs fois pour répondre aux questions, c'est donc qu'elle n'est pas timide. Et elle répond juste, ce n'est donc pas un cancre. Elle sourit lorsqu'on la regarde, elle n'est donc pas méchante. Et elle s'est assise au milieu de la classe, elle ne veut ni faire de la lèche ni se mettre à l'écart.

Et lorsque Bénédicte Bénazon vient lui serrer la main et lui dire bonjour, toute la classe est d'accord pour adopter Claudine. Bénédicte est l'autorité ici : elle est toujours la première, et elle peut sauter à la corde toute une récréation sans se fatiguer.
– Où tu habites? demande Bénédicte.
– Rue du Mail. Et toi?
– Moi, j'habite rue Saint-Denis.
– Ce n'est pas loin de chez moi. Mais je ne t'ai jamais vue.
– On peut venir ensemble, propose Bénédicte. Je t'attendrai rue des Pierres-Plantées.
– Je vais te faire un dessin. Je vais chercher un crayon et du papier.
– On a pas le droit de rentrer dans la salle pendant la récréation.
– Je te le ferai lorsque M. Ballandron aura le dos tourné. Il me verra pas.

Claudine plaît à Bénédicte. Quelqu'un qui n'a pas peur. Et elle ne résiste pas à la tentation de lui dire qu'elle est la première.
– Attends-moi quinze jours, et on sera première ensemble, dit Claudine en

riant. Il y a bien de la place pour deux, ici.
– On va voir si tu me dégommes. Tu vas pouvoir travailler dur!
– C'est exactement ce que je veux faire!

Claudine est ravie de sa première journée. Elle discute longuement avec M. Ballandron à la sortie. Il lui prête des livres.

C'est tout à fait ce que Claudine attendait.

Laurent remarque immédiatement les nouveaux livres de Claudine. M. Boichon aussi.
– Ça y est. Tu as ce que tu veux, hein? Tu vas pouvoir rester avec tes bêtises sur les genoux.
– Ce sont des livres. Pas des bêtises.
– Tu vas lire toutes ces pages? demande Laurent.
– Je ne vais pas les lire. Je vais les apprendre par cœur, répond Claudine haut et fort pour que son père l'entende.

Le soir, Claudine prépare le repas. Pendant que la soupe cuit, elle lit.

L'histoire de France lui plaît beaucoup. Elle l'avait déjà lue dans le livre prêté par Noémi. Les dates n'ont pas grand sens pour elle. Mais elle trouve un moyen de les situer les unes par rapport aux autres. Elle imagine l'histoire comme une longue bande de tissu. Chaque cinquante années représente dix centimètres. Et le soir, elle accroche quelques dates sur cette bande de tissu imaginaire : Louis XI ça fait donc trente-cinq centimètres avant Louix XIV et un mètre dix après Charlemagne.

Dans la classe, il y a une carte de France. Claudine n'a aucune peine à faire marcher sa mémoire à partir de sensations visuelles. Cela fait déjà longtemps qu'elle apprend à regarder des lignes et des formes, et à s'en souvenir.

Chaque matin, pendant que M. Ballandron fait l'appel, Claudine regarde la carte. « La Seine et la Loire font une dame couchée de côté avec une taille

très mince. De chaque côté de sa taille, juste en dessous du buste, il y a d'un côté Paris, de l'autre Orléans. La Garonne a un pouf sur le derrière avec Toulouse collé juste au milieu. Le Rhône est tout droit jusqu'à Marseille, avec Lyon sur la tête. Il a un nez crochu entre les Alpes et Lyon, crochu comme le nez de la concierge de chez Montessuy. »

M. Ballandron a bien compris que le cerveau de Claudine ne fonctionne pas tout à fait comme celui des autres élèves. Il la voit rêveuse, apparemment inattentive pendant une leçon. Pourtant, lorsqu'il pose une question, Claudine répond correctement, mais parfois d'une manière bizarre.
– Quels sont les trois affluents de la Loire qui se rencontrent à Angers?
Claudine bredouille d'abord:
– Deux adjectifs possessifs et un masculin se retrouvent. Ma. Sa. Le.
Puis elle dit:
– La Mayenne, la Sarthe et le Loir qui se regroupent pour former la Maine. C'est bien ça, n'est-ce pas?

– Mais oui, c'est bien ça, mademoiselle Boichon.

Ernest Ballandron est vraiment intrigué par Claudine. Après la classe, elle lui explique comment, en créant de petites phrases faciles à retenir, elle est arrivée à apprendre une quantité énorme de faits et de noms.
– Mais, bien sûr, cela ne me fait pas comprendre, dit Claudine. Lorsque je veux vraiment comprendre, je me pose des questions. Pourquoi est-ce que les nobles ne payaient pas d'impôts alors qu'ils étaient les plus riches? Et pourquoi est-ce qu'ils trouvaient les impôts méprisables alors que c'est eux qui utilisaient l'argent de la France comme ils voulaient?
M. Ballandron ouvre de grands yeux: aucun de ses élèves ne lui a jamais posé de telles questions, lorsqu'il a fait son cours sur la Révolution.
– Mais, qu'allez-vous faire quand vous serez plus grande, mademoiselle?
– Je veux créer des dessins de mode. Mais, pour le moment, je veux passer mon certificat d'études et ensuite mon

brevet. Ce qui me fait peur, c'est l'orthographe. Vous avez vu, je fais beaucoup de fautes dans les dictées.
– Oui, je sais. Et ce serait bien dommage que vous soyez recalée à cause de cela. S'il le faut, j'irai voir moi-même l'inspecteur de l'Académie. Mademoiselle Boichon, vous méritez de réussir ce que vous entreprenez.
– Vous êtes gentil, dit Claudine, pétillante de joie. Si vous saviez à quel point j'ai voulu aller à l'école!

Et Claudine a gagné son pari avec Bénédicte. A toutes deux, elles tiennent la tête de la classe. Bénédicte, bonne joueuse, partage sa place.

Bénédicte, elle aussi, souhaite choisir sa profession. Elle veut être professeur de sciences naturelles. Et comme Claudine, elle a une passion : les plantes. Elle a appris à les connaître dans la pharmacie de son père. Depuis plusieurs années déjà, elle confectionne un herbier.

Claudine n'a jamais eu envie d'avoir une amie. Pourtant c'est bon de rencontrer Bénédicte chaque matin, de discuter avec elle, et de poursuivre une compétition amicale.

Sur le chemin de l'école, Claudine raconte à Bénédicte son enfance, lui parle de ses parents, de sa vie à l'atelier.

– Tu as du courage, lui dit Bénédicte. Je ne sais pas si j'aurais eu le même culot pour faire ce que tu fais.

– Il nous faut du culot, nous, les filles, si on ne veut pas que la vie nous mène.

– Tu ne veux pas te marier?

– Je ne sais pas encore. Je ne veux pas y penser.

– On n'a pas le choix. Il faut bien y penser.

– Moi, j'ai choisi de ne pas y penser. Laisse-moi tranquille là dessus.

– D'accord, je te laisse tranquille. On a encore le temps.

Claudine travaille sans arrêt. Sa vie de famille ne compte désormais presque plus. Son père tisse avec Toni et Joanny. Monsieur Montessuy a trouvé à Paris de grands couturiers qui aiment les soieries qu'il leur a proposées. Finalement, ce n'est pas de la nouveauté-fantaisie que

M. Boichon tisse, mais du haut luxe. Joanny et Toni se partagent ce travail. Nizier Véron a décidé de prendre un nouvel apprenti pour le remplacer. Joanny travaille donc à plein temps chez M. Boichon. Et celui-ci est satisfait : il vient d'avoir des commandes de velours sabré pour le château de M. de Choiseul. Douze couvre-lits et vingt-cinq fauteuils à recouvrir. C'est une très belle commande pour de longs mois. Il n'y a plus l'angoisse du manque de travail : les trois métiers marchent toute la journée.

Et Claudine est tranquille. Elle travaille tard le soir.

Plusieurs fois, elle a proposé à sa mère de lui apprendre à lire et de lui faire partager ce qu'elle découvre en classe. Mais Mme Boichon n'arrive pas à comprendre pourquoi Claudine aime tant sa classe. Elle ne pense plus à un autre avenir que l'usine jusqu'à sa vieillesse. Ensuite, le retour à l'atelier où elle vivra à côté de son mari, qui ira de plus en plus souvent au café ou jouer aux boules avec ses amis.

Claudine aide sa mère pour que celle-ci ne soit pas trop fatiguée, mais elle évite de lui parler. Le fossé devient si grand entre leurs deux vies.

✻
✻✻

Septembre.

M. Ballandron a décidé de présenter Claudine au certificat d'études. Elle a appris en six mois ce que les autres apprennent en deux ans. Et il est heureux de prendre le risque.

Dans le ronron quotidien de ses classes, Ernest Ballandron a eu rarement l'occasion de rencontrer des élèves exceptionnels. Et des élèves comme Claudine? Jamais. Claudine a une volonté de fer alliée a une grande gentillesse.

Et Claudine voudrait lui faire un cadeau pour le remercier de son aide. Elle n'a pas d'argent et il est hors de question d'en demander à ses parents. Brusquement l'idée lui vient de lui broder un mouchoir. « Dire qu'il passe des mètres et des mètres de soie dans cette maison et que je n'ai même pas un morceau de toile ou de coton. Et si j'allais demander à Noémi? »

Depuis qu'elle va en classe, Claudine se sent davantage à égalité avec elle. Mais Noémi ne sera jamais une vraie amie. « Non, ce n'est pas à Noémi que je dois demander ça. C'est à Bénédicte. Elle aura bien un mouchoir à me donner. »

Claudine explique donc à Bénédicte ce qu'elle voudrait.
— Tu ne crois pas que ça va faire un peu couâme?
— Je m'en fiche. M. Ballandron m'a aidée. Sans lui, je n'en serais pas là. Après mon oncle et ma tante de Toulaud, c'est lui qui a été le plus gentil avec moi. Je n'ai jamais rencontré de grandes personnes qui m'ont traitée avec autant de confiance. Pour tous, chez moi, je suis une bestiole qui n'arrive pas à grandir. Pour lui, c'est différent.
— Bon, je demanderai à mon père un de ses mouchoirs. Et tu sais broder?
— Tisser, bien sûr. Broder, pas très bien.
— Et si tu incrustais un bout de soie dans un angle?
— Mon petit bout de soie!
— Quel petit bout de soie?

– Celui que je garde toujours dans ma poche. Tiens regarde. Ce sera très, très beau.

Lundi, lorsque la cloche sonne à l'heure du déjeuner, Claudine reste dans la classe. Elle pose le mouchoir sur le bureau de M. Ballandron :
– J'ai fait ça pour vous.

M. Ballandron regarde Claudine, regarde le mouchoir, tousse, se passe la main dans les cheveux, regarde Claudine de nouveau :
– Mademoiselle Boichon, je vous souhaite dans la vie toutes les joies dont vous avez rêvé. Et je vous remercie.

Claudine se lève à cinq heures. Hier, elle a reprisé et repassé sa blouse, ciré ses souliers.

Elle se coiffe et pose sur sa tête un chapeau que lui a prêté Bénédicte. Aujourd'hui, c'est le jour du certificat d'études.

Elle a un peu peur. Elle doit réussir cet examen, pour elle sinon pour sa famille.

Elle dessine encore une fois dans sa tête la carte de France, y place les fleuves et les montagnes, les villes principales. Les dates d'histoire se rangent dans l'ordre : 800, 1214, 1572, 1715, 1789, 1804. Puis viennent les règles de grammaire et les définitions de sciences naturelles. Claudine se pose quelques problèmes de pourcentage. Sa tête ne tourne pas : tout est clair et bien rangé.

– Alors, c'est aujourd'hui?
– Oui Maman, c'est aujourd'hui.
– Et si tu échoues?
– Je n'échouerai pas.
– Tu en as de la chance d'être aussi sûre de toi.
– Tu ne sauras jamais, Maman, comme je désire réussir cet examen. Mais ce n'est pas un désir de rêve. Je rêve de moins en moins, sinon un crayon à la main lorsque j'ai le temps de dessiner. Après mon certificat, je passerai mon brevet. Ensuite, je m'inscrirai dans une école pour les arts. Je me présenterai à des concours, et j'irai travailler à

Paris. C'est là-bas que la mode se crée.
– C'est donc à ça que tu penses tout le temps, ma Claudine?

Dans son coin, M. Boichon bougonne :
– Laisse-la donc partir. On va voir ce qu'elle peut faire, ta Claudine.

Claudine embrasse sa mère :
– Oui, Maman, c'est à ça que je pense et à rien d'autre.

Devant la salle d'examen, Claudine bavarde avec Bénédicte. Toutes deux se sentent sûres d'elles. Des élèves mordillent nerveusement le col de leur blouse. D'autres, apparemment insouciantes, discutent des vacances d'été.

Le signal d'entrer dans la classe est donné, Claudine se tait et s'installe à sa place. A sa droite, il y a une bonne fille rougeaude qui a l'air prête à pleurer. Bénédicte se trouve deux rangs derrière elle.

Claudine regarde autour d'elle et se dit : « Celles qui ont travaillé avec le plus de volonté et d'intelligence auront le droit de réussir. Je dois garder mon calme. Ce n'est pas le hasard qui choisira. Mais peut-être y a-t-il, dans le groupe, des filles dont les parents connaissent les inspecteurs d'Académie? Est-ce qu'elles auront davantage de chances que moi? »

Pour remplir l'attente avant la dictée, Claudine examine les murs gris-vert de la salle. Qu'ils sont laids et tristes! Elle les apprivoise en y dessinant en pensée de jeunes femmes en robe du soir. Puis elle esquisse les grandes lignes d'un jardin, plante des massifs de fleurs. Les jeunes femmes sourient sous leurs grands chapeaux ornés de plumes et de rubans. Soudain, Claudine se souvient de Tante Yvette. Elle voit sur le mur sa silhouette, et l'habille d'une légère robe de mousseline rose. Elle plisse autour de son cou une collerette de dentelle. Au bas de l'ourlet, elle attache des rubans de soie mauve à fleurs bleue pâle. Tante Yvette porte un bouquet de myosotis que vient de lui offrir Oncle Pierre. Ils sont maintenant tous les deux sur une pelouse près d'un lac. Oncle Pierre invite Tante Yvette à s'asseoir sur un canapé en osier peint en blanc. Un rayon de soleil fait mousser les boucles de Tante Yvette. « Ce n'est pas nous », murmurent-ils en souriant... Puis le dessin s'estompe.

Claudine se retrouve devant sa feuille de papier, son porte-plume, son encrier. Dans quelques instants, la dictée va commencer.

Les règles de grammaire s'alignent dans sa tête accompagnées de leur bizarrerie : l'accord des participes passés avec le verbe être ou le verbe avoir, les pluriels des noms en « ou », les « quel, qu'elle, quelque, et quel que », les curieux emplois du subjonctif; et bien d'autres difficultés... Si elle réussit la dictée, elle ne craint pas les autres épreuves.

A midi, les élèves se reposent. Claudine grignote deux pommes et un morceau de pain. Bénédicte partage avec elle des pastilles à l'orange.
– Et les problèmes, ça a marché? demande Bénédicte.
– 75 kilomètres et 2 h 40. C'est ce que tu as trouvé?

– Oui, j'espère qu'on n'a pas fait toutes les deux les mêmes erreurs.
– Allons! Toi et moi, les mêmes erreurs? Tu veux dire que nous avons toutes les deux juste!

Une fille s'approche d'elles:
– Moi, j'ai trouvé 125 kilomètres.
– Vous vous êtes trompée, dit Claudine. C'est 75.
– Vous êtes sûre?
– Absolument! Puis Claudine adoucit sa réponse: J'en suis presque sûre.

Et elle finit de croquer sa dernière pomme.

L'après-midi, ce sont les épreuves orales. Claudine se détend en sautant sur place et en étirant les bras: elle veut rester calme pour répondre avec justesse aux questions.

Devant Claudine, sont assis l'inspecteur d'Académie, un professeur, un délégué de la mairie. Le cœur un peu battant, elle se tient bien droite.
– Mademoiselle Boichon, dit l'inspecteur, je vais vous poser une question de sciences naturelles. Dites-moi ce qu'est un microbe.

Claudine est ravie. La question est parfaite.
— Un microbe est un organisme vivant constitué d'une seule cellule. Les microbes, en se multipliant, transforment les éléments où ils vivent. Je voudrais parler de Pasteur. Il a travaillé sur la maladie du ver à soie que l'on appelle la pébrine et qui se manifeste par de petites taches noires sur la peau de la chenille. Pasteur a montré que des œufs sains et vérifiés permettaient de limiter les ravages de cette maladie dans les élevages de vers à soie.
— Où avez-vous entendu parler de ces recherches? s'étonne l'inspecteur.
— Chez un oncle et une tante qui élèvent des vers à soie. C'est chez eux que j'ai commencé à apprendre beaucoup de choses.
— Mademoiselle Boichon, dit le délégué de la mairie, je serais curieux de savoir ce que vous pensez faire plus tard.
— Je veux être créatrice de mode.

L'inspecteur regarde cette jeune fille maigrichonne, si peu élégante dans sa blouse triste. « Bizarre », pense-t-il.

Le regard de Claudine brille d'un éclat doré :
– Et je réussirai. J'ai tellement désiré cela.
– Eh bien, je vous souhaite bonne chance. En attendant, mes collègues seront sans doute de mon avis pour vous accorder l'oral de votre examen. J'espère que l'écrit aura bien marché aussi.
– Je crois que oui, dit Claudine, rose de plaisir.

Tant et tant d'heures de travail trouvent enfin leur récompense. Et Claudine sent monter en elle la joie de la première victoire.

En fin d'après-midi, l'inspecteur lit la liste des élèves reçues. Deux élèves premières ex aequo : Claudine et Bénédicte. Elles se font un clin d'œil : « Le pari tient toujours ! »

M. Ballandron est là. Le mouchoir de Claudine dépasse de la poche de sa veste. Claudine le remarque. Et lorsque M. Ballandron lui prend les deux mains avec affection, elle a envie de l'embrasser.

– Mademoiselle Boichon, j'ai fait des

démarches. L'année prochaine, vous êtes admise dans un cours privé. Et votre famille n'aura rien à payer. J'ai obtenu pour vous une bourse spéciale. Je souhaite que vous continuiez vos études et que vous passiez votre brevet.

Claudine ne sait comment exprimer sa joie. Elle baisse la tête. Ses yeux deviennent rouges. M. Ballandron comprend son embarras et, discret, se retire en lui posant la main sur les cheveux :
– Claudine... Je veux dire, mademoiselle Boichon. Je vous souhaite d'être heureuse. Vous allez me manquer.

Bénédicte est ravie :
– Je le savais que tu réussirais !
– Je le savais aussi. Mais ce n'est qu'un début. Un tout petit. J'ai encore beaucoup à apprendre et beaucoup à faire. Une journée comme celle-ci me fait oublier toutes les heures lentes. Il faut des heures et des heures pour tisser une pièce de soie. Lancer la navette, encore et encore, je connais ça. Patiemment. Le rouleau s'enroule à l'envers sur le métier. On n'a même pas la joie de voir la beauté de ce que l'on fait. Mais on doit

avoir la certitude que ça réussira. Pour moi, apprendre, c'est la même chose. J'ai travaillé régulièrement, jour après jour... J'aurai le métier que j'aime. Et toi, où vas-tu ?

— En pension. C'est ma mère qui le veut. Je m'y habituerai.

— Une pension de pimbêches, hein ?

— Moi, pimbêche ? Mais non, je ne changerai pas. Mais je ne retrouverai jamais une fille comme toi.

— On pourra toujours se revoir. Et le pari continue. Toi, tu seras première dans ta pension et, moi, première dans mon cours.

En rentrant chez elle, Claudine annonce toute joyeuse la double nouvelle : sa réussite, et son admission prochaine dans un cours secondaire.

M. Boichon ne dit rien. Il comprend que Claudine est définitivement perdue pour l'atelier. Elle ne restera jamais à tisser avec lui.

Mme Boichon est heureuse : sa fille réalise les rêves qu'elle n'a jamais osé avoir : savoir lire, savoir écrire. Avoir une situation qui la laisse libre de se marier ou pas. Etre vraiment indépendante.

Claudine voudrait associer son père à sa joie :
– Je vais te montrer mes dessins, Papa. Tu ne les as jamais vus.
– Quels dessins ? Encore une de tes idées...

Elle va chercher ses dessins : des dizaines et des dizaines de costumes et d'accessoires de mode, et un cahier rempli de motifs pour tissus.

M. Boichon est frappé par la beauté des motifs et les imagine sur de la soie. Splendides. Absolument splendides.
– Claudine, dit M. Boichon, avec une joie et un entrain que sa fille ne lui a jamais vus, il faut que tu restes à l'atelier. Tu ferais les dessins. On les déposerait chez Montessuy. Ensemble on les traduirait sur la machine pour les tisser. Montessuy n'a pas fini de nous envoyer des commandes si nous travaillons tous les deux. Claudine, il faut qu'on s'y mette, toi et moi.

Claudine est bouleversée par la propo-

sition de son père... Mais sa décision est prise depuis longtemps, elle ne restera pas à travailler avec lui, et même une proposition de collaboration, d'égal à égale, ne la fera pas changer d'avis.
– Non, Papa. Je vois encore plus grand. Si je reste à l'atelier avec toi et dessine pour Montessuy, on ne saura jamais qui a inventé tous ces tissus. Je veux avoir un atelier à moi et qui porte mon nom. Les tissus, les vêtements que je créerai seront signés : Claudine Boichon. C'est à Paris que je dois aller travailler.
– Alors, tu nous quitteras?
– Oui, Papa.
– Et elles ont commencé quand toutes ces idées?
– Ne te fâche pas Papa. C'est chez Tante Yvette et Oncle Pierre que j'ai découvert ce que je voulais faire. Tu te souviens, j'étais très malade, et je croyais que j'allais mourir. Mais je me suis guérie toute seule. Et depuis, je pense à mes dessins de mode presque tout le temps.
– Et dire que tu n'as que des guenilles à te mettre sur le dos! Ne crois-tu pas que tu rêves, ma Claudine?

« Ma » Claudine! Elle a bien entendu!

C'est la première fois que son père l'appelle ainsi.
— Bien sûr, je rêve, mais, si on ne rêve pas, on ne réalise rien.
— Est-ce que tu penses que je n'ai rien fait, moi, dans ma vie?

Claudine pose sa main sur celle de son père. Ce contact est si étrange qu'elle se sent maladroite.
— Comment est-ce que je pourrais dire ça!... Seulement, tous les mètres de tissus merveilleux que tu as tissés dans ta vie, personne ne sait que c'est toi qui les as réalisés. Je les imagine, tes tissus, sur des fauteuils de château, en rideaux voilant de larges fenêtres, sur les épaules de riches dames couvertes de bijoux, autour du cou de beaux messieurs se rendant à l'Opéra, sur le dos de jolies jeunes filles rougissantes cherchant leur futur mari à leur premier bal.
— Tu ne veux pas de mari, toi?
— Je ne veux pas, je ne veux...

Claudine se tait soudain. Elle n'ose pas ajouter: « Je ne veux pas rester à la maison pendant que mon mari ira boire au café ou jouer aux boules. Je ne veux pas être au service d'un homme. Je ne veux pas travailler autant et être moins payée que lui. »

Sa mère s'approche :
– Qu'est-ce que tu ne veux pas, Claudine ?
– Je vous demande une seule chose à Papa et à toi : faites-moi confiance. Vous ne le regretterez pas.

Il reste quinze jours avant la rentrée. Claudine lit des livres prêtés par M. Ballandron. Elle aide Laurent à apprendre à lire, car lui aussi va aller en classe, à l'école communale. Elle commente des images pour Jean-Pierre.

Bénédicte lui a prêté une grande poupée en porcelaine. Claudine drape autour d'elle des bouts de tissus pour trouver de nouvelles formes de robes, de jupes. Elle passe beaucoup de temps à l'habiller ou simplement à imaginer des costumes pour elle. Elle l'a baptisée Marjolaine; le premier nom de fleur que lui a appris Oncle Pierre.

Elle est allée voir le commis de Montessuy pour lui demander des tombées et des échantillons de tissus.

Lorsqu'elle a expliqué son projet, le commis lui a demandé :
— Alors, c'est vous qui avez apporté un dessin pour Mme Montessuy?
— Elle l'a regardée? s'exclame Claudine.
— Que oui! Et M. Montessuy l'a mis dans son bureau. Il a dit : « Elle a du talent, la fille Boichon, comme son père. »
— Eh bien, dites à M. Montessuy que le talent de mon père, il pourrait le reconnaître en lui donnant des augmentations. Et merci pour les bouts de tissu. Marjolaine et moi allons avoir d'excellentes idées.

« Elle a peut-être du talent, se dit le commis. Mais pour avoir de l'aplomb, elle en a! »

Chapitre 6

La rentrée au cours Froment n'est pas aussi facile que les débuts à l'école communale.

La plupart des élèves sont d'origine bourgeoise. Claudine note tout de suite la différence d'atmosphère. Avec sa blouse, ses gros souliers et sans chapeau, toutes la regardent comme une intruse.

Une autre chose gêne Claudine : c'est la façon dont elle parle le français. Souvent, sans s'en apercevoir, elle emploie des mots de patois lyonnais.

Ainsi, lorsque Claudine demande à Louise, sa voisine, de lui prêter un taille-crayon parce qu'elle a marpaillé sa mine, Louise lui répond :

— Moi, ça me ferait plaisir de marpailler vos gros souliers.

Mais Claudine ne se démonte pas :

— Si tu marpailles mes groles*, je te petafine le groin**.

— Sale canuse, marmonne Louise.

Et Claudine ressent tout à coup une haine formidable pour Louise. « Moi aussi je saurai franchicoter*** comme toi. Mais en attendant tu entendras mon patois. »

Oui, la classe est beaucoup plus difficile ici. Mlle Gardon, le professeur de français, est exigeante, mais elle a compris le problème de Claudine. Lorsqu'elle corrige ses rédactions, elle souligne les mots en patois, et, sans remarque désobligeante, lui indique l'équivalent en français. « Je suis ici pour apprendre quelque chose à mes élèves, non pour les maltraiter ou les humilier, se dit-elle. L'important est qu'elles sachent com-

* Grole : chaussure.
** Franchicoter : parler correctement français.
*** Pétafiner le groin : casser la tête.

prendre un texte et s'exprimer comme il faut. »

Claudine trouve que Mlle Gardon fait preuve d'intelligence et de cœur. Voilà un professeur qu'elle peut respecter autant que M. Ballandron !

Pendant les récréations, Claudine s'installe dans un coin tranquille, sort ses crayons, un cahier et dessine.

Juliette Ducharne a remarqué Claudine. Le père de Juliette est fabricant de soie comme M. Montessuy. Elle est toujours habillée avec le plus grand soin. Ses cheveux, méticuleusement bouclés, encadrent son visage sous un chapeau orné de rubans et de fleurs. Des jupons mousseux dépassent de sa robe et ses pieds menus sont chaussés de fines bottines.

A distance, Juliette regarde ce que fait Claudine.

– Viens voir, lui dit Claudine. Elle se reprend : venez voir.

– Cela ne vous ennuie pas que je vous regarde ? demande Juliette.

Claudine est surprise. Après les moqueries de Louise, elle ne s'attendait pas à ce qu'une élève lui parle si gentiment. L'attention de Juliette la flatte, et sa question la touche.

— C'est beau! C'est beau! s'exclame Juliette. Comment avez-vous appris à dessiner aussi bien?

— Toute seule. Si tu... si vous voulez, je dessinerais des vêtements pour vous. Cela ne vous ennuie pas de mettre votre bras en l'air et de replier l'autre près de votre hanche? Je vous dessine une robe pour l'Opéra.

— Vous y êtes allée?

— Jamais. Mais je peux facilement imaginer quel genre de robe il vous faudrait.

Claudine regarde Juliette, qui pose, immobile. Comme elle est gracieuse et charmante!

— Voulez-vous un petit chapeau ou un grand? demande-t-elle.

— Un petit.

Louise regarde de loin la scène, furieuse de voir que Claudine a attiré l'attention de Juliette. Elle s'approche en riant:

— Juliette Ducharne se fait habiller par une canuse...

– Et pourquoi pas? répond Juliette. Les canuts tissent la soie. Et Claudine sait dessiner.
– Et vous la regardez comme une bugne qui contemple une autre bugne, dit Louise.
– Moi, j'aimerais mieux ne pas avoir à apincher* ton groin de cayon**, dit Claudine à Louise. T'as une cabèche*** qui me reste sur l'estôme.****

Claudine se lasse vite de cette bagarre à coups de langue. Et elle se remet à dessiner. Juliette, patiente, n'a pas bougé. Claudine dessine un canotier, une robe de printemps avec des rubans à fleurs et des manches transparentes, et un collier de minuscules paquerettes.
– Juliette, venez voir!
– Mais ce n'est pas une tenue pour aller à l'Opéra! dit Juliette en riant.
– Oh, c'est vrai! L'Opéra! Louise m'a fait oublier l'Opéra. Je vous avais imaginée à la campagne. L'Opéra, ce sera pour la prochaine récréation.

---

* Apincher : regarder.
** Groin de cayon : tête de cochon.
*** Cabèche : tête.
**** Estôme : estomac.

Louise s'esclaffe :
– Evidemment. Les canuts, ça ne connaît même pas la différence entre l'Opéra et une ferme.

Claudine pâlit sous l'insulte. Juliette bondit :
– Si vous n'avez dans la tête que de la mesquinerie, Louise, allez aiguiser votre langue ailleurs.

En dépit de Louise, Claudine est heureuse. Plusieurs élèves se réunissent autour de Juliette. Et Claudine dessine des costumes pour elles à la demande. Elle invente des formes adaptées à leurs corps : beaucoup de rubans et de volants pour celles qui sont trop maigres, des lignes simples pour celles qui sont trop grosses. Et elle crée des dizaines de chapeaux en fonction de leurs visages.

Sa collection de dessins devient trop importante pour qu'elle les garde tous chez elle, alors elle les signe désormais d'une écriture fine et précise, et elle les donne à ses camarades.

Juliette comprend que Claudine aurait envie de porter des robes comme celles qu'elle dessine : « Si je l'invitais à la maison, se dit-elle, nous pourrions essayer des toilettes ensemble. Si l'une d'elles lui plaisait, je la lui donnerais. Mais est-ce que Maman voudra que je reçoive Claudine chez nous ? » Juliette tourne et retourne cette question dans sa tête. « Je pourrais l'inviter à passer des vacances dans notre maison de campagne. Mais qu'est-ce que mes sœurs diront ? Je ne veux pas qu'elles se moquent de Claudine. Justine est aussi pimbêche que Louise. Et je la vois déjà tournant autour de Claudine, le nez en l'air, avec une petite bouche pincée et dédaigneuse. Non, je crois qu'il vaut mieux ne rien donner, ne rien offrir, ne rien dire. »

Et Claudine pense de son côté : « Est-ce que je pourrais dire à Juliette de venir un dimanche à l'atelier ? Je lui montrerais le velours broché de Papa. Mais qu'est-ce qu'ils diront si Juliette vient chez nous ? Ils se moquent déjà de moi parce que j'ai changé ma façon de parler : « Tu parles drôle, tu parles pointu, tu renies la Croix-Rousse », disent-ils tout le temps.

Maman, sans doute, serait discrète et nous laisserait tranquilles. Mais Papa, à son retour du café, il pourrait bien se moquer de Juliette et des fabricants de soie. Et Montessuy connaît sûrement le père de Juliette. Non, je crois qu'il vaut mieux ne rien proposer, ne pas l'inviter, ne rien dire. »

Claudine revoit de temps en temps Bénédicte, les jours de congé, et lui parle de Juliette. Bénédicte pense : « Et si je les invitais toutes les deux chez moi ?
Papa et Maman connaissent des gens de toutes sortes. Ils seront gentils. Mon frère a envie de connaître Claudine, depuis le temps que je lui parle d'elle ! Mais si je leur propose de venir chez moi, Claudine pensera : "Bénédicte invite Juliette pour que je n'aie pas à la recevoir à l'atelier." Non, je crois qu'il vaut mieux ne rien proposer, n'inviter personne, ne rien dire. »

Juliette n'a donc pas invité Claudine. Claudine n'a pas invité Juliette. Et Bénédicte n'a invité ni l'une ni l'autre.

✱✱✱

– Claudine, dit un jour Juliette, est-ce que vous voudriez venir avec moi au parc de la Tête-d'or!
– J'y vais souvent.
– Si vous le vouliez, nous pourrions faire de la barque sur le lac.
– Ça, je ne l'ai jamais fait. Ça coûte trop cher.
– Si ça ne vous fait rien, c'est moi qui paierai. Vous, vous me dessinerez un costume comme ceux que les femmes portent pour faire de la bicyclette.
– Mais presque personne ne fait de la bicyclette et surtout pas les femmes! Un jour, j'ai vu une femme qui faisait de la bicyclette sur les quais du Rhône. Elle portait une sorte de pantalon avec par-dessus une veste longue. Les gens disaient qu'elle était folle.
– Bon. C'est exactement un costume comme ça que je veux. Des pantalons larges, de gros bas noirs, un chapeau avec une grande plume, une veste serrée à la taille. Je vais vous dire quelque chose, Claudine. J'en ai assez de mes

doubles jupes à volants et de mes jupons. Lorsque j'ai parlé de pantalons et de bicyclette, Maman a dit qu'elle me mettrait en pension si je lui en reparlais. Alors, c'est entendu, vous me dessinez un costume pratique, et moi je vous invite à faire de la barque.
— Mais vous ne montrerez mon dessin à personne? On nous interdirait d'être ensemble.
— Promis. Personne ne verra ce dessin.

C'est d'accord, Claudine dessinera un costume de sport pour Juliette.

Cette nouvelle idée roule dans la tête de Claudine pendant toute la semaine. C'est vrai, pourquoi les femmes n'auraient-elles pas le droit de faire de la bicyclette? Un soir, elle en parle à sa mère :
— Maman, est-ce que, moi, j'aurai le droit de faire de la bicyclette?
— Il faudrait d'abord en avoir une.

Et M. Boichon, qui a entendu l'étrange question de Claudine, intervient :
— T'as deux jambes, c'est pour t'en servir. La bicyclette, c'est des engins de riches.

Depuis que tu es dans ton cours, tu nous embiernes avec des gognandises.
– Le monde change, Papa. J'ai une camarade de classe qui pense que ça serait très pratique pour les femmes d'avoir des pantalons.
– Tu es folle! s'écrie Mme Boichon.
– Tu es complètement braque! dit M. Boichon. On ne t'envoie pas en classe pour que tu apprennes des bêtises. Si tu n'oublies pas tes histoires de pantalons et de bicyclette, je te remets à tisser. Il y a du boulot en ce moment, plus qu'on ne peut en faire. Tu nous as assez embêtés avec tes *Deux Passages*, ne viens pas remettre ça.

Claudine parle à sa mère de leur projet de sortie au parc de la Tête-d'or. Juliette sera accompagnée de sa bonne. Mme Boichon trouve l'idée tentante :
– On pourrait y aller tous. On emportera un pique-nique. Toi, tu seras sur le lac avec ton amie. Tes frères et moi, on vous regardera du bord.

Claudine aimerait répondre : « Non. Je n'ai pas envie que Juliette vous rencontre. Vous avez honte de moi parce que, déjà, je ne suis plus canuse. Et moi, j'ai honte de vous. J'ai honte de toi, Maman, et de ta vieille robe, honte de mes petits frères et de leurs souliers percés, honte de votre façon de parler. Je n'aurais pas dû accepter. »

Mais elle regarde sa mère qui a l'air de tant se réjouir de cette sortie. Claudine avale sa honte : « Papa a le droit d'aller au café, de boire. Maman a le droit de s'amuser aussi. Oui, elle viendra. »

Dimanche matin.

Claudine suggère à sa mère de mettre un chapeau. Elle lave Laurent et Jean-Pierre. M. Boichon ne pose pas de questions sur les préparatifs. Il va aller jouer aux boules avec son ami Nizier.

Ils descendent tous les quatre place Bellecour.

Juliette est déjà là, installée avec sa bonne dans une voiture à cheval. Juliette s'incline devant Mme Boichon lorsque Claudine la présente. Et Mme Boichon se sent tout intimidée devant cette jeune fille, gracieuse et souriante, qui prend la main de Laurent et celle de Jean-Pierre pour les aider à grimper dans la voiture.

La bonne de Juliette est une grosse dame fraîche et ronde. Elle met immédiatement Mme Boichon à l'aise en lui disant qu'elle vient de l'Ardèche.
— Vous connaissez Toulaud? demande Mme Boichon. J'ai une sœur qui habite là-bas.
— Mais bien sûr. Le docteur Grandville a soigné mon frère pendant quatre ans. Nous vivions à Saint-Péray. Lorsque mon frère est mort, je suis venue travailler à Lyon chez les Ducharne. Et Mlle Juliette est gentille comme tout. Pas vrai?
— Je suis plus gentille que mes sœurs, n'est-ce pas? demande Juliette.
— Je ne dis rien, répond la bonne. Mais vous, je vous aime bien.

Il ne faut pas longtemps pour que tout le monde se sente bien. Laurent est ravi. Il n'était encore jamais monté dans une voiture à cheval, et il trouve cela beaucoup plus drôle que la ficelle qui monte à la Croix-Rousse. Jean-Pierre a un peu peur et lui tient la main.

Claudine pense : « Ce n'était pas compliqué. Maman a l'air heureux. C'est si rare de la voir détendue. »

Il fait très beau et les arbres du parc ont leur couleur d'automne.
— Je vais vous dessiner un costume tout en tons de bruns, de rouges et de jaunes, dit Claudine à Juliette.

Et dès qu'ils arrivent sur les bords du lac, Claudine sort sa boîte d'aquarelles.
— Un pantalon brun-rouge. Des guêtres brun-or. Je vous mets un chapeau avec deux plumes de faisan et un minuscule bouquet de fleurs jaunes et rouges.
— Et mes bas ?
— Une cravate d'abord. Une cravate de soie beige et brun. Et des bas ? Voyons voir. Des bas bruns, d'un ton plus clair que votre pantalon et de la même couleur que cette plume de votre chapeau. Joli, hein ?
— Très, très joli. Je vais chercher des billets pour la barque.
— Laissez-moi faire, mademoiselle, inter-

vient la bonne. C'est à moi à m'occuper de ça.
- Mais je peux bien le faire! Je ne suis pas un bébé.
- Ah! ces jeunes filles, dit la bonne en se tournant vers Mme Boichon. Et regardez-moi ce que votre fille dessine... Dire que Mlle Juliette pense à porter ça un jour! Elle est gentille, mais elle a de ces idées!...

Mme Boichon n'ose pas faire de commentaires sur Juliette, mais elle pense : « Moi, je ne comprends pas. Je ne comprends pas pourquoi Claudine est devenue si différente de moi. Je ne comprends pas pourquoi elle ose être l'amie de Juliette. Je ne comprends pas ce qu'elle veut devenir. Mais je sais une chose : elle n'appartient plus à la famille. »

Laurent et Jean-Pierre regardent avec envie leur sœur monter dans la barque. Le jeune homme qui vend les billets rassure la bonne :
- Il n'y a aucun danger. Mais vous n'irez pas trop loin, mesdemoiselles.

Et il est surpris de voir Juliette donner des coups de rames précis et vigoureux pour dégager la barque.

Juliette se sent tout à coup libre. Seule avec Claudine. Pas de sœur pour se moquer d'elle et lui dire qu'elle va devenir rouge au soleil. Pas de bonne pour lui recommander de ne pas se salir. Pas de parents pour lui rappeler qu'une jeune fille ne doit pas utiliser ses bras comme un porteur de paquets.

De toutes ses forces, Juliette tire sur les rames : elle est rouge, elle est essoufflée. Et ravie.

– Je n'aurai jamais pensé que vous puis-

siez faire une chose pareille, lui dit Claudine.
– A ton tour.
– Vous me dites « tu »?
– Et pourquoi pas? A ton tour. Personne ne nous entend.

Avant de prendre les rames, Claudine explique :
– J'ai été très malade, il y a deux ans. J'avais un début de tuberculose à cause de la bourre de soie que je respirais. J'ai cru que je n'arriverais jamais à vivre. Je toussais tout le temps et j'étais si découragée que quelquefois j'avais envie de mourir. Mais aujourd'hui, je me sens

libre, forte. C'est merveilleux. Je veux vivre, Juliette.
- Eh bien rame, Claudine. Tu verras, ça fait du bien dans tout le corps.

Claudine attrape les rames avec maladresse. Mais bien vite elle prend le rythme et tire de toutes ses forces.

Des cygnes s'écartent de la barque d'un coup de patte vigoureux, puis s'arrêtent et flottent mollement.

Claudine respire vite. L'effort physique ne lui fait pas mal et elle goûte avec plaisir l'air frais qui pénètre dans ses poumons.

Sur la rive, Jean-Pierre et Laurent leur font des signes. Mais Juliette et Claudine ne sont pas pressées de revenir. Elles immobilisent la barque. Claudine tapote l'eau du bout des doigts. Juliette elle, enlève sa chaussure et son bas et trempe son pied dans le lac.
- Si Maman me voyait, elle serait furieuse, dit-elle. Ah! ça fait du bien de faire ce qu'on veut.

Puis elle imite la voix de sa mère: « Votre pied dans l'eau, comme un gamin des rues! »

– Mes frères sont des gamins des rues, dit Claudine. Et ils mettent les pieds dans l'eau.
– Ils ont de la chance!
– Et l'eau rentre dans leurs chaussures parce qu'elles ont des trous. Ils n'ont pas tant de chance que ça.
– Je t'ai blessée, pardonne-moi.
– Non, pas du tout. Je ne veux pas me plaindre, ni plaindre ma famille. Mais être fille de canut, c'est difficile quelquefois.

Juliette se sent maladroite tout d'un coup, elle préfère changer de sujet :
– Tu n'oublieras pas ma toilette pour l'Opéra?
– Il faudra que je te montre ce que j'ai inventé pour Louise. Je lui ai fait un chapeau avec des serpents et des araignées.
– J'en ai vu des comme ça.
– Pas avec des araignées au milieu de la voilette? Et je lui ai dessiné une lourde cape noire de sorcière, elle lui ira très bien. J'ai besoin d'être méchante de temps en temps. Je n'aime pas ça. Mais ça me fait du bien. J'espère bien qu'un jour, je n'aurai plus besoin d'être comme

ça. Si je réussis dans mes projets, ça me passera. Regarde ces cygnes, Juliette. Ils sont beaux, calmes, puissants. Ce serait merveilleux d'être comme eux.

Sans se presser et en se relayant, Claudine et Juliette ramènent la barque sur le bord. Laurent et Jean-Pierre les accueillent avec des cris de joie :
– On vous voyait toutes petites là-bas, dit Laurent. T'avais peur, Claudine ?
– Mais non, et toi, est-ce que tu aurais peur ?
– Je ne sais pas. Mais je connais personne pour m'emmener en barque.
– Mademoiselle Juliette, vous n'avez pas été très prudente, dit la bonne. Vous êtes allée jusqu'au milieu du lac.
– Nous ne dirons rien à personne. Promis ?

Après le pique-nique, ils vont tous ensemble se promener dans les allées du parc. Et Juliette offre à Laurent et à Jean-Pierre de faire un tour sur le petit cheval. Mme Boichon hésite : « C'est encore Juliette qui va payer pour les enfants. Je n'aime pas ça. »

— Claudine est allée en barque, eux aussi ont le droit à quelque chose de drôle, insiste Juliette. Permettez-moi de leur offrir cela, s'il vous plaît.

Mme Boichon fait un signe de tête qui ne dit ni oui ni non.

Laurent et Jean-Pierre grimpent sur le cheval sans se faire prier et sont attachés sur la selle. Le cheval, tenu par la bride par un guide, commence son tour d'un petit pas morne et fatigué, tandis que les garçons crient de plaisir.

— Et nous? dit la bonne. Si nous allions prendre un chocolat dans le pavillon? Nous avons bien le droit à quelque chose de drôle aussi.

Mme Boichon accepte, se régale, et paye elle-même sa consommation : le prix de trois jours de nourriture pour la famille.

En retrouvant les enfants, elle réalise la somme exorbitante qu'elle vient de dépenser pour le plaisir passager d'une tasse de chocolat mousseux. « C'est la faute de Claudine, pense-t-elle, une journée comme celle-ci n'est pas faite pour nous. Claudine prend des goûts de luxe avec ses amies de classe. Ça ne va plus du tout aller avec nous. Vite. Que je rentre! Que j'oublie! Pourvu que son père ne se rende compte de rien. Il me battrait sûrement. »

Mme Boichon reste silencieuse durant le retour jusqu'à la place des Terreaux. Claudine et Juliette papotent. Laurent et Jean-Pierre se font des grimaces qui les font rire. Et la bonne sourit à tous, satisfaite de sa journée.

– On prend la ficelle? demande Claudine.
– Non, on rentre à pied, dit sa mère.
– On a quand même deux sous pour la ficelle?
– Faudra changer tes goûts lorsque tu es avec nous.
– Mais on a passé une bonne journée! Juliette est gentille. Et elle n'est pas prétentieuse.
– Tais-toi. Les filles de fabricants sortent entre elles, et les filles de canuts restent à la Croix-Rousse. Tu vois en classe Juliette, oui, mais les promenades au parc en riche, c'est fini.

Claudine pense, amère : « Maman ne saura jamais être heureuse. Vite, il faut que je parte de cette famille, autrement ils tueront toutes mes joies. Il faut que je sois indépendante. Je ne veux plus jamais être enchaînée à eux, à cause de l'argent. »

Chapitre 7

Pendant trois ans, pour éviter les histoires avec ses parents, Claudine sépare sa vie de famille et sa vie à l'école. Son travail scolaire l'absorbe en soirée. Le dimanche, elle dessine. Et elle n'a plus reparlé de Juliette à la maison.

Elle revoit Bénédicte de temps en temps. Mais Bénédicte a changé. Elle s'intéresse de plus en plus à la nature, aux plantes, et ne partage pas les goûts de Claudine pour la mode et les toilettes. En fait, Bénédicte voudrait aller vivre à la campagne, et souhaiterait être herboriste. Elle n'aime plus Lyon et attend avec impatience l'été, où elle va chez ses grands-parents, dans leur maison de Chazelles. Là, elle collectionne avec passion des plantes pour son herbier.

Plusieurs fois, Juliette a invité Claudine chez elle.
– Je te prêterai des robes. Avec ma bonne, on t'arrangera les cheveux. Tu feras connaissance avec mes amis.
– Non, dit Claudine, j'ai à faire chez moi. Je dois aider Joanny.
– Tu dis toujours ça, répond Juliette impatientée. Pourtant, tu ne tisses plus.
– Cette année, c'est le brevet. Je dois réussir. Je ne peux pas me permettre de redoubler une classe.
– Comme tu veux, mais tu évites mes soirées, je le vois bien.

Juliette aime danser. Ses sœurs qui sont en âge de se marier reçoivent beaucoup. Juliette s'amuse dans les soirées et les raconte à Claudine :
– Vendredi j'ai été invitée par Gaston Bianchini-Ferrier. Je n'ai pas osé dire oui, car c'est surtout ma sœur qu'il

connaît. Imagine ça! Invitée par Gaston Bianchini-Ferrier!

Claudine n'est pas très intéressée par Gaston Bianchini-Ferrier. Mais elle veut savoir quelle robe Juliette portait :
— Celle que ma couturière a faite d'après ton dessin.
— La blanche et rose?
— Oui, la blanche et rose. Tout le monde m'a trouvée très jolie.
— Est-ce que tu as dit que c'était moi qui l'avais dessinée?
— Personne ne m'a rien demandé.
— Personne?
— Non, personne évidemment. Dans une soirée on ne s'inquiète pas de ce genre de chose.

Claudine pense à son père, à Toni, à Joanny, à Nizier Véron et à tous les canuts. Tant de coups de navette, tant d'heures patientes à créer, millimètre par millimètre, de merveilleux tissus, et personne ne sait les noms de ceux qui les ont fabriqués. Et Claudine se rend compte soudain de sa place. Elle n'en est qu'au tout début de sa carrière et de ses espoirs. Même Juliette, son amie, ne se donne pas la peine de dire que c'est

Claudine Boichon qui a créé sa robe. Combien d'années faudra-t-il avant que quelqu'un demande : « D'où vient cette robe ? »

Claudine dit à Juliette :
– Toi au moins tu étais contente de ma robe, non ? Est-ce que ta couturière avait bien mis un ruban autour de l'encolure, avec le nœud sur le côté ? Et, dans le bas, les deux gros nœuds étaient-ils exactement comme je t'avais dit ? D'un ton plus sombre que la ceinture. Tu te souviens, je t'avais proposé des dégradés de rose, du plus clair au plus sombre.
– Exactement, j'étais parfaite.
– Eh bien, tant mieux.
– Si tu la veux, je te la donne, ma robe. On est presque de la même taille. Je crois que je ne vais jamais la remettre.
– Je t'ai déjà dit non là-dessus. Tout cela n'est pas pour moi.

Et Claudine, en fin d'année, passe son brevet.

Comme option elle a choisi le dessin, bien sûr. Elle prend connaissance des deux sujets au choix : la copie d'un dessin de Léonard de Vinci – une étude de draperie pour *la Madone à l'œillet* – ou la reproduction d'une nature morte composée de fruits et de fleurs.

Sans hésiter, elle se décide pour l'étude de draperie.

Ce qui l'entoure s'estompe. Elle n'entend pas les mots chuchotés. Elle ne voit pas la salle aux peintures brunes qui s'écaillent. Elle doit attirer sur son papier à elle, trait à trait, le dessin installé là-bas sur le chevalet. Un lien invisible se tisse entre sa feuille et celle de Léonard de Vinci. Après avoir compris la géométrie générale du drapé, elle découvre les volumes d'ombre et de lumière. Et, lentement, sur son papier apparaissent les plis, les cassures, les rythmes de la draperie. Lorsqu'elle a fini, elle regarde autour d'elle : la salle est presque vide. Un professeur est penché sur son épaule :

– Extraordinaire, mademoiselle.

Claudine le fixe d'un regard absent.

– Cela fait longtemps que vous dessinez ? demande le professeur.

Cette fois Claudine reprend pied dans la réalité :
– Oui, depuis assez longtemps. Je dessine beaucoup. Et depuis que je suis née, je vis en compagnie de tissus.
– En compagnie de tissus ?
– Oui, mon père est canut.
– Et comment se sont passées vos autres épreuves ?
– Bien, j'espère. Il faut que je réussisse. C'est ma seule chance.
– Vous avez un talent rare, mademoiselle. Menez-le à bien.

Claudine a demandé à sa mère de l'accompagner pour aller voir les résul-

tats de l'examen. Son cœur bat très fort.
— Vous avez réussi, Claudine, lui dit une camarade en la voyant entrer. Vous êtes seconde.
— Qui est première? demande Claudine.
— Germaine Peillon.
— Tant mieux pour elle. Et Juliette Ducharne?
— Juliette a réussi aussi. Quinzième.
— Et Louise?
— On s'en fiche, de Louise.
Claudine éclate de rire:
— C'est vrai, cela m'est tout à fait égal que Louise ait réussi ou non.

Mme Boichon attend Claudine dans la rue. Un large sourire. Un signe de tête. Sa fille a réussi.
— Je l'ai, Maman! Deuxième!
— Tu vas donc nous quitter?
— Oui, Maman, dit Claudine doucement. Un jour cela devait arriver.
— Est-ce que tu seras heureuse de nous quitter?
— Je ne veux pas répondre. J'attrape enfin ma vie à moi, j'ai passé tant d'heures à m'y préparer.

※※

Grâce aux recommandations de M. Ballandron, de Mlle Gardon et du professeur de dessin qui a corrigé les épreuves du brevet, Claudine a obtenu une bourse pour étudier à l'école des Beaux-Arts, à Paris. Elle y a travaillé avec acharnement durant deux années.

A sa sortie, elle a commencé sa carrière en tant que dessinatrice pour les catalogues des magasins de *La Belle Jardinière*. Elle y est restée quatre ans. Puis elle a été la collaboratrice de Jeanne Lanvin.

Et, à trente-sept ans, Claudine s'est installée définitivement à la Compagnie des ballets de Monte-Carlo, pour laquelle elle a créé les costumes.

Table des matières

Chapitre 1   5
Chapitre 2   27
Chapitre 3   75
Chapitre 4   97
Chapitre 5   142
Chapitre 6   191
Chapitre 7   214

Cet
ouvrage,
le centième
de la collection
CASTOR POCHE,
a été achevé d'imprimer
sur les presses de l'imprimerie
Maury Eurolivres
Manchecourt - France
en avril 2004

Dépôt légal : février 1998.
N° d'édition : 4346. Imprimé en France.
ISBN : 2-08-164346-4
ISSN : 0763-4544
Loi n° 49-956 du 16 juillet 1949
sur les publications destinées à la jeunesse